好きな人との
初キスにドキドキ♥
7つの恋の短編集

今日、キミとキスします

イケメン図鑑

川《かわ》七星《ななせ》（高1）

と恋しちゃうのは…

バカですね。」

ら

朱音《あかね》は、バイト先の後輩・七星くんに懐かれている。彼はドジな朱音をいつもからかうくせに、落ち込んでいると「一生懸命なところ、いいところだと思う」なんて、不意打ちで励ましてくれた。ある日、そんな七星くんに「朱音先輩の特別になりたい」とささやかれ…!?

#芸能人顔負けのイケメン #いつもはイジワルだけど #時々とびきり甘い #ギャップに胸キュン

NANASE MORIKAWA

結《ゆう》城《き》 京《けい》（高1）

このイケメンと恋しちゃうのは…

「甘い口づけはキミだけに。」

＊あいら＊

川で溺れている子供を見つけた高1の和《わ》
歌《か》。咄嗟に飛び込んで助けるが、水中で足をつり意識を失ってしまい…。そこを通りがかった同級生の結城くんが、なんと人工呼吸で和歌を救ってくれた。それ以来、困っていると彼は「もっと頼れよ」と言って助けてくれて…。

#近寄りがたいほどのモテ男子 #超絶クール #優しくするのは好きな子だけ #キスから始まる恋

KEI YUKI

駿《する》河《が》 流《りゅう》星《せい》（高3）

このイケメンと恋しちゃうのは…

「今夜、天の川の下でもう一度キスをしよう」

言ノ葉リン

高1の雫《しずく》は、隣に住む流星くんにずっと片想い。ある日、彼の家で友達数人と過ごしていたら、うたた寝している間に誰かにキスをされ!? 驚いた雫は、その事件について流星くんに相談。すると、「俺も好きな子相手には我慢できないよ」と意味深なことを言われて…。

#年上の幼なじみ #余裕たっぷりに見えて #本当は我慢の限界 #不意打ちキス

RYUSEI SURUGA

七瀬《ななせ》 蒼生《あおい》（高2）

このイケメンと恋しちゃうのは…

「七瀬くんとヒミツの恋人ごっこ。」

みゅーな**

高2の稀帆《きほ》は、体調を崩して助けられたことがきっかけで、同級生の七瀬くんと仲良くなる。「恋愛に憧れる」と話したら、「じゃあ俺が彼氏になろうか」と言われ!?　練習だと思ってOKしたのに、彼は「可愛い」と言って手を繋いできたり、本物の彼氏みたいに甘々で…。

#マイペース男子と　#恋の予行練習　#デートして　#抱きしめられて　#次のステップは…

AOI NANASE

瀬良《せら》 依咲《いさき》（高2）

このイケメンと恋しちゃうのは…

「背伸びして、触れさせて」

雨乃めこ

高2の日詩《ひなた》は、隣のクラスの瀬良くんが好き。モテモテな彼のことを見ているだけでよかったのに、廊下でぶつかった拍子にキスしてしまう。転んでケガをした彼の図書委員の仕事を手伝うことになり、気まずくなるかと思いきや、「少しは意識してくれた？」なんて言われて…？

#大人っぽい憧れイケメン　#たまに見せる照れ顔にドキドキ　#ふたりきりの図書室　#事故キス

ISAKI SERA

矢《や》代《しろ》 依《い》吹《ぶき》（高1）

このイケメンと恋しちゃうのは…

「とびきり甘くて悪いカオ。」

柊乃

高1の瑠奈《るな》の趣味は、放課後の教室に残って読書をすること。そんな瑠奈の隣には、なぜか毎日クラスメイトの依吹くんが寄ってくる。人懐っこくて甘え上手な彼は、普段は弟キャラだけど、ふたりのときは時折「瑠奈」と呼んで、熱っぽい目で見つめてきて…。

#みんなの前では #小悪魔男子 #ふたりになると #オオカミ男子 #ギャップにドキドキ

IBUKI YASHIRO

奥《おく》永《なが》 藍《あい》（高2）

このイケメンと恋しちゃうのは…

「低体温なカレは、今日も彼女を溺愛する。」

SELEN

学級委員をしている高2の一果《いちか》は、イケメンで人気者だけど遅刻常連な奥永の指導係。でもそれは表の顔で、じつはふたりは付き合っている。誰にも内緒の関係なのに、奥永はみんなの目を盗んでは教室でキスをしたり抱きしめたりと、ピュアな一果に迫ってきて…。

#遊び人に見えて #じつは彼女一筋 #ふたりになると溺愛モード発動 #秘密の恋

AI OKUNAGA

野いちご文庫

今日、キミとキスします
～好きな人との初キスにドキドキ♡7つの恋の短編集～

STARTS
スターツ出版株式会社

contents

先輩、バカですね。

青山そらら

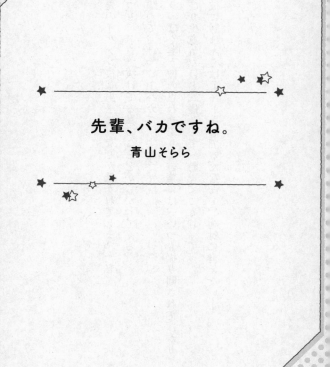

バイト先のイケメン後輩《こうはい》男子に、なぜか懐《なつ》かれてしまった私。
彼《かれ》はいつも、ドジで抜《ぬ》けてる私のことをからかってくる。
「朱音《あかね》先輩って、けっこーバカですよね」
イタズラっぽく笑う彼の思わせぶりな言葉には、いつも振《ふ》り回されてばかり。
ちょっぴり生意気だけど、優しくて、時々すごく甘《あま》くて。
そんな彼に、ほんとはドキドキしてるだなんて、絶対に言えない――。

「お待たせいたしました。こちら、キャラメルマキアートです」

カウンターの向こうに立つお客さんに向かって、できたてのドリンクを笑顔で手渡《てわた》す。

今日も放課後は、学校の最寄《もよ》り駅にあるカフェでバイト中。

一年生の頃《ころ》から続けているこのアルバイト、今ではもうひととおり仕事も覚えたし、ベテランとまではいかないけれど、それなりにこなせるようになってきた。

とはいっても、もともと抜けてる性格だから、いまだにドジをやらかしてしまったりすることもあるんだけど……。接客のお仕事は好きだから、楽しんで続けられていると思う。

私、宮下《みやした》朱音は近くの高校に通う、平凡《へいぼん》な高校二年生。

身長も学力も平均的で、どこにでもいそうな、普通《ふつう》を絵に描《か》いたような私。でも、唯一《ゆいいつ》笑顔だけは「素敵だね」ってお客さんや店長からよく褒《ほ》めてもらえる。

だから、どんな時でも常に笑顔を心掛《こころが》けていて、自分の接客で少しでも誰《だれ》かを笑顔にすることができたらいいなって思ってるんだ。

お客さんの波が引いて暇《ひま》になってきたので、材料やトッピングなどのストックをチェックする。

冷蔵庫を開けて中を確認したら、ちょうどスコーンやシフォンケーキに添《そ》える用のホイップクリームが残りわずかだったので、今のうちに泡立《あわだ》てておくことにした。

ボウルに生クリームと砂糖を入れ、泡立て器でかき混ぜる。すると、その時背後《はいご》から誰か近づいてくるような気配《けはい》がして……。振り返ろうとしたら、その瞬間《しゅんかん》耳元でボソッと囁《ささや》かれた。

「朱音せーんぱいっ」

「ひゃぁっ！」

ドキッとして思わず声をあげる。

そんな私を見て、クスクス笑う背の高い茶髪《ちゃぱつ》の男の子。

「あははっ、いいリアクション」

彼は先月入ったばかりの新人アルバイトの森川七星《もりかわななせ》くん。ひとつ年下の高校一年生で、同じ高校に通っている。

長身でスタイル抜群《ばつぐん》なうえに、その顔はどこかの芸能人みたいに整っていて、眩《まぶ》しいくらいにキラキラしたオーラを放つ、超《ちょう》イケメン男子。そのあまりのルックスの良さから、彼は学校だけでなく、うちの店でもすっかりアイドル的存在になっている。

店長からそんな森川くんの教育係を任された私は、毎回シフトがかぶるたびに仕事を教えているんだけど、とても物覚えが良く要領《ようりょう》のいい彼は、まだ入って一ヶ月しか経っていないというのに、基本的なことはひととおりこなせるようになってしまった。

その上、彼はすごく人懐《ひとなつ》っこい性格で、こんなふうにたびたび私のことをからかってくるんだ。

「もう、森川くん、いきなり耳元で話しかけないでよ。びっくりするでしょ」

私が困った顔で言うと、イタズラっぽい笑みを浮《う》かべる森川くん。

「だって、朱音先輩のびっくりした顔見たくてやってんだもん」

「あのねぇ……」

「っていうか、森川くんじゃなくて、名前で呼んでって言ってるのに。なんでいつまでも呼んでくれないんですか？」

すると彼は、ちょっと拗《す》ねたように口をとがらせながら、私の顔をじっと覗《のぞ》き込《こ》んできて。

「だって私、みんなのこと苗字《みょうじ》で呼んでるから。森川くんのことだけ名前で呼んだら変だし……」

「えーっ。俺《おれ》は嬉《うれ》しいけどな〜。俺だけ朱音先輩の特別になれたみたいで」

「なっ、特別って。変な誤解されたらどうするのっ」

「どうもしない。むしろ、ワクワクするかも」

「……っ」

もう、なんですぐそういうことばかり言うのかな。冗談《じょうだん》でもドキッとしちゃうよ。

「あ、朱音先輩今ちょっと赤くなったでしょ」

「な、なってないっ！」

イタズラっぽく笑う森川くんは、なんだかとても楽しそう。

絶対私の反応を見ておもしろがってるよね？

そしたらそこで、森川くんが生クリームの入ったボウルを見ながら聞いてきた。

「それ、なに作ってんですか？」

「あぁ、これはシフォンケーキとかに添えるホイップクリームだよ。ストックが切れそうだったから」

「へぇー、そうなんだ。わざわざ手作りするんですね」

「そうなの。あ、ついでだから作り方教えるね。生クリーム一パックに、砂糖を十五グラム入れて、氷水に浸《つ》けたボウルの上で少しツノが立つくらいまで泡立てるんだけど……」

私が説明すると、森川くんはポケットからメモ帳とペンを取り出し、しっかりメモを取り始める。

「砂糖、十五グラムね。なるほど……」

「泡立て器はこうやって、縦に動かすとうまくできるんだよ」

すると彼はなにを思ったのか、そこでメモ帳とペンをポケットにしまうと、うしろからそっと私の両手に自分の手を添えてきて。

突然彼に囲い込まれるような体勢になって、ドキッと心臓が跳《は》ねた。

「えっ、ちょっ、森川くん⁉」

「だって、縦に動かすってどんな感じかなーと思って。見本にやってみてくださいよ」

いやいや、だからってこんな手取り足取り教えるみたいなの、恥《は》ずかしいんだけど。そんなに密着されてたら、集中できないよ。

「だ、だから、こうやって……」

森川くんの手の感触《かんしょく》にドキドキしながら、泡立て器でクリームをシャカシャカとかき混ぜる。

そしたら次の瞬間、勢いあまって手を滑《すべ》らせてしまい、クリームが周りに飛び散ってしまった。

「……わっ！」

やだ私、なにやってるんだろう。

「ご、ごめんねっ。手が滑っちゃって」

慌《あわ》ててうしろを振り返り謝ったら、森川くんは私から身を離《はな》すと、楽しそうにまたクスクス笑う。

「あははっ。朱音先輩って、けっこーバカですよね」

「……っ」

バカって言われちゃった。たしかに私、いつもドジとか失敗ばかりだけど。

「てか、顔にクリーム付いてる」

「ウソッ」

森川くんがそっと手を伸《の》ばし、私の頬《ほお》に付いたクリームを親指で拭《ぬぐ》う。

そして、それをペロッと舐《な》めたかと思うと、ニッと不敵な笑みを浮かべた。

「ごちそうさま」

――ドキン。

うぅ、まったく……。どうして平気な顔でそういうことができちゃうのかな。

森川くんってなんか、いちいち態度が思わせぶりというか、やたらと距離感《きょりかん》が近いというか。

男の子に免疫《めんえき》のない私は、毎回ペースを乱されて、ドキドキさせられてばっかりなんだ。

ちゃんと先輩として振る舞《ま》わなきゃって思うのに、私ったらダメなところばかり見られてるような気がするよ。

「朱音、おはよーっ」

朝、登校して自分の席についていたら、親友の友里《ゆり》ちゃんがいつものように私のところまでやってきた。

「おはよう、友里ちゃん」

彼女、飯島《いいじま》友里ちゃんは、ポニーテールがよく似合う、明るく元気いっぱいな女の子。一年生の頃からの仲良しなんだ。

「今日って一時間目から体育でしょ？　ダルいよね〜」

「あ、そうだった。早めに着替《きが》えておいたほうがいいかな？」

「うん、更衣室《こういしつ》混む前に着替えちゃおう」

友里ちゃんにそう言われて、さっそく体操服を持ってふたりで廊下《ろうか》に出る。

そのまま一階に下り、一年生の教室の前を通りながら更衣室に向かって歩いていたら、向こうの廊下で女の子たちが誰かを取り囲んでキャーキャー騒《さわ》いでいる様子が見えた。

「あれ、あそこにいるのって、ウワサのイケメン新入生の森川くんじゃない？」

友里ちゃんが口にした名前に、ピクッと反応する私。

その取り囲まれている人物をよく見てみたら、確かにそこにいたのは、あの森川くんだった。

「あ、ほんとだ」

「やっぱりカッコいいよね。なにあの顔、芸能人みたい。相変わらずモテモテだね～」

友里ちゃんの言うとおり、彼はいつも女の子たちに囲まれて、キャーキャー言われている。まるでどこかのアイドルみたいに。

だから、なんとなく学校では声をかけづらくて、自分からは話しかけることができないんだ。

「朱音ったらいいなぁ、あの子と同じバイト先なんでしょ？」

「えっ。うん、まぁ」

「羨《うらや》ましい～。私もあんなイケメンと仲良くなってみたいなぁ」

「いや、たしかにバイト先は一緒《いっしょ》だけど、仲がいいってほどじゃないよ」

「ウソ～。仲いいじゃん」

その時、森川くんがチラッとこちらを向いたかと思うと、バチッと目が合った。

「あ、朱音先輩！」

私に気づくなり、さっそく声をかけてくる森川くん。

そして彼は、ササッと女の子たちの輪を抜け出すと、私の元へと駆《か》け寄ってきた。

「おはよ」

「あ、おはよう。森川くん」

「こんなとこでなにしてるんですか？　あ、もしかして俺に会いたくなっちゃった？」

なんて言いながら、イタズラっぽく笑う彼。

「ま、まさか！　一時間目体育だから、着替えに来ただけだよっ」

「なーんだ」

すると森川くん、私の顔をじーっと見つめながら。

「あれ？　先輩、なんか顔にご飯粒《はんつぶ》付いてますよ」

「えっ、ウソッ！」

慌てて自分の頬を手で触《さわ》って確認したら、森川くんがププッと吹き出したように笑いだす。

「あはは、ウソウソ。冗談だよ。今日はなんも付いてないから」

「な、なんだ。もう、びっくりしたでしょっ」

やだ私、またからかわれたみたい。

「朱音先輩って、すぐ真に受けるから可愛いよね」

「……っ」

もう、どうして可愛いとかそういうことを、サラッと言えちゃうのかな。

真に受けちゃダメだってわかってるのに、ドキッとしちゃうよ。

「ねぇ七星ーっ、なにしてんのーっ？」

その時、先ほど森川くんを取り囲んでいた女の子たちのひとりが彼を呼ぶ声が聞こえてきた。

「あー、はいはい」

振り向いて返事をする森川くん。そして、私の頭にポンと片手を乗せると、ニコッと笑って。

「それじゃ、体育頑張《がんば》ってくださいね」

そのキラキラの笑顔にまたドキッと心臓が跳ねた。

「あ、ありがとう」

再び女の子たちの元へと戻《もど》っていく森川くんを見つめながらボーっとしていたら、隣《となり》にいた友里ちゃんが声をかけてくる。

「ちょっとちょっと、なに今の～。やっぱり朱音、森川くんとめちゃくちゃ仲いいじゃん！　なんかすごい懐かれてる感じだよね？」

なにそれ。懐かれてる⁉

「そ、そんなことないと思うよっ」

「絶対そうだってー。もしかして朱音のこと好きなんじゃないの？」

「まさか！　たぶん森川くんは誰にでもあんな感じだと思うからっ」

「そう？　でもいつも朱音のこと見つけるたび話しかけてくるじゃん。絶対気に入られてるよ～」

ニヤニヤしながら肘《ひじ》で小突《こづ》いてくる友里ちゃん。

「朱音的にはどうなの？　森川くん。実は気になってたりしないわけ？」

「え、いや、私はべつに……っ。ただのバイト先の後輩だよ」

「えーっ。ほんとに？」

正直なところ、気にならないって言ったらウソになるけど、森川くんはべつに、私をからかっておもしろがってるだけで、特に好意があるわけではないと思うし。きっと彼は、いろんな女の子に対してあんな感じなんだと思う。

だから、変にうぬぼれたり、期待したりしないようにしなくちゃ。

森川くんみたいなイケメンが、私みたいな平凡な子を好きになったりなんてするわけないよ。


【七星side】


「朱音先輩、カプチーノに使うスチームミルクってどうしたらうまくできるんですか？」

今日もバイト中、朱音先輩とカウンターの前でふたりきりになった俺は、彼女に声をかける。

朱音先輩は、俺と同じ高校に通っているひとつ上の二年生の先輩だ。俺はここでのバイトを始めてちょうど一ヶ月くらいだけど、基本的な仕事は全部、この朱音先輩が教えてくれた。

朱音先輩は愛想がよく人当たりもいいから接客もすごく丁寧《ていねい》だし、いつも一生懸命《いっしょうけんめい》仕事をこなしている。

でも、実は結構抜けてるところがあって、たびたびドジをやらかしたりミスしたりするから、年上だけどなんかほっとけない。しっかりしているように見えて、ちょっと頼《たよ》りないというか。

「あ、スチームミルクね。あれ、簡単なようで結構コツがいるんだよね」

「ですよね。俺、イマイチ加減《かげん》がわかんないんですけど」

「えっと、じゃあもう一回教えるね」

ちょうど暇な時間帯だったので俺が質問をしたら、さっそく教えてくれる彼女。見本を見せるようにピッチャーにミルクを入れ、コーヒーマシンの前に立って説明してくれて。

「このスチームノズルを空吹《からぶ》きさせたら、先端《せんたん》をミルクに突っ込んで、それからノブを全開にして、空気を入れるために、こんなふうにちょっとずつ上にずらしていくの」

「なるほどー」

「十秒くらい空気を入れたら、今度はノズルをまた沈《しず》めてかき混ぜながら温めるんだけど、手で触れてみて、触っていられないくらい熱くなったら止めて大丈夫《だいじょうぶ》だよ」

「あ、そうなんだ。俺、そのタイミングがよくわかんなかったんすよね」

俺が答えると、続けて説明してくれる朱音先輩。

「あとね、こうやって残った泡を潰《つぶ》すといいんだよ」

そこで彼女が熱いミルクの入ったピッチャーを手に持ち、台にトントンと叩《たた》きつけて。

そしたらその瞬間、中に入ったミルクが跳ねて、台の上に置いていた俺の手に少しかかってしまった。

「……あつっ」

「やだっ、ごめんね!!」

朱音先輩は慌ててピッチャーを台に置くと、俺の手をギュッとつかむ。

そして、すかさずそばにあった水道の水で冷やしてくれて。

「森川くん、大丈夫？　ほんとにごめんねっ。熱かったよね」

俺の手を握《にぎ》りながら、心配そうな顔で聞いてくる彼女。

正直俺はそこまで熱かったわけじゃないから平気だったけど、必死に謝ってくる先輩が可愛くてつい、いつものようにからかいたくなってしまった。

「……いや、大丈夫じゃないですね」

「えっ⁉　ごめんっ……」

「心臓が」

そう答えた途端《とたん》、キョトンとした顔になる朱音先輩。

「だって、朱音先輩に手握られたらドキドキしちゃうじゃん」

俺がイタズラっぽくニッと笑って見せると、その瞬間彼女は大きく目を見開き、顔を真っ赤にしながら慌てて俺の手をパッと離す。

「……な、なに言ってるのっ」

こうやってすぐ赤くなるところがまた、めちゃくちゃ可愛い。

もしかして、少しくらいは俺のこと、意識してくれてんのかな？

「ははっ、朱音先輩、顔赤い」

「だって、森川くんが変なこと言うからっ……」

「えーっ。俺、ほんとのこと言っただけですよ。あ、もしかして、照れちゃった？」

わざとらしく聞いたら、ますます先輩は顔を赤くして。

「て、照れてないよっ！　それより、手は大丈夫なの？」

「あぁ、こんなの全然平気。でももし跡《あと》が残ったら、将来責任取って俺のこともらってくださいね」

「えぇっ⁉」

「あははっ。なーんてね」

クスクス笑う俺を見て、困った顔になる彼女。

朱音先輩はいつも、俺の言葉でコロコロ表情を変えるし、リアクションがいちいち大げさで可愛いから、つい思わせぶりなことを言ってからかってしまう。

でも、冗談っぽく口にしてるけど、俺がこんなふうにからかうのは、彼女だけ。

真面目で素直で単純で、不器用だけどいつも一生懸命な朱音先輩。

俺は、そんな彼女のことがずっと好きだった。

そう。初めて出会ったあの日から——。

今から約四ヶ月前の、寒い冬の日の出来事。当時中三だった俺は、高校受験を目前に控《ひか》え、だいぶナーバスになっていた。

実は、俺には双子《ふたご》の兄がいて、一卵性だから見た目はそっくりなんだけど、中身はまるで違《ちが》う。双子の兄の七月《なつき》は勉強が得意で、俺はスポーツは得意だけど勉強が苦手なタイプ。

志望校は違ったけど、周りから比べられることも多かった俺たちは、なにかとお互《たが》いのことを意識していて。その日も塾《じゅく》帰りに先日受けた模試《もし》の結果を見せ合ったら、七月はかなりいい点数で判定もよく、逆に俺はあまりよくなかったので、めちゃくちゃヘコんでしまった。

俺だって真面目に勉強してたつもりなのに、なんでこんなに七月と差がつくんだよって。

すぐ家に帰る気分になれなかった俺は、七月に先に帰るように告げて、どんよりした気持ちのままひとりでカフェに入った。

注文しようとカウンターの前まで行くと、店員の女の子が『いらっしゃいませ』と満面の笑みで迎《むか》えてくれて。俺は迷った挙句《あげく》、期間限定らしい桜味のラテを頼《たの》んだ。

もちろんすごく美味《うま》そうに見えたからっていうのもあるけど、正直〝サクラ咲《さ》け〟的な願掛《がんか》けの気持ちもあって。

できあがった桜味のラテを受け取ると、空いている席を探して座る。

さっきもらった模試の結果のシートを眺《なが》めると、やっぱりため息が出てくる。

そんな暗い気持ちをかき消すように、甘いラテを口の中に流しこんだ。

その瞬間、桜の香りがふわっと広がって、なんとなくリラックスした気持ちになる。

とにかく今は、やれることを頑張るしかないし、勉強しよう。そう思ってカバンの中から勉強道具を取り出した。

志望校の過去問をチェックしたり、塾の問題集を解いたりしながら一時間ほど過ごす。

するとだんだん店が混んできたので、そろそろ帰ろうと思い立ち上がったら、その時手が滑って机の端《はじ》に置いてあった勉強道具を全部床《ゆか》に落としてしまった。

『うわ、最悪……』

慌ててササッと拾い集め、ラテの容器を捨てて店の外に出る。

外は凍《こご》えるような寒さで、思わず身震《みぶる》いした。

手に持っていたマフラーを首に巻き、ゆっくりと歩きだす。

そんな時、すぐうしろから誰かが大声で呼ぶ声がして。

『お客様!』

一瞬誰に言っているのかわからなかったけど、チラッとうしろを振り返ったら、先ほどレジで注文を受けてくれた店員の女の子が、俺を追いかけるようにして走ってくる様子が見えた。

『あの、これ、忘れ物です！　テーブルの下に落ちてたんですけど、お客様のですよね？』

彼女がそう言って渡してきたのは、たしかに俺がさっきまでテーブルの上に広げていた、志望校の過去問集。先ほど勉強道具をばらまいた時に落としたらしい。

『あ、やば……俺のです。どうもすみません』

受け取ったら、彼女はホッとしたように微笑《ほほえ》んでから、こう言った。

『よかった。受験生なんですね。今、大変な時期ですよね』

『……え、あ、はい』

それにしてもずいぶん愛想のいい子だなと思う。見た感じ、俺とあまり年が変わらないように見えるけど、高校生かな。

『その過去問、青稜《せいりょう》学園のですよね。実は私、そこの高校に通ってるんです』

すると、突然《とつぜん》思いがけないことを言われて、目を見開いた。

なんだ、この子、やっぱり高校生だったんだ。じゃあ、俺がもし受かったら、同じ学校じゃん。

『だからなんか、親近感わいちゃって……って、全然関係ないですよね、すみません』

その様子は接客モードというよりも素の彼女って感じで、なんだか俺まで親近感がわいてしまう。

『受験勉強応援《おうえん》してます！　頑張ってくださいね』

『あ、ありがとうございます』

俺がちょっと照れながら礼を言ったら、彼女はニッコリ笑って。

『サクラ、咲きますように』

その瞬間、不覚にもドキッと心臓が跳ねた。

彼女の笑った顔が、あまりにも可愛くて。

さっきまでの落ち込んでいた気分がウソのように、明るい気持ちになった。

そう。それが朱音先輩との出会いで。今思えば完全に一目惚《ひとめぼ》れだったと思う。

その日以来、俺はますますやる気になって、受験勉強を頑張ることができた。

合格したら彼女と同じ高校に通えるということも、モチベーションにつながったし。

晴れて志望校に合格し、学校であらためて彼女の姿を見かけた時は、胸が躍《おど》った。

そして、高校に入ってすぐにバイトを始めることにした俺は、迷わずその朱音先輩が働くカフェを選んだ。

彼女はさすがに俺のことを覚えてはいないみたいだったけど、俺はいつか、この気持ちを打ち明けたいと思ってる。

あの日からずっと、朱音先輩のことしか見えてないんだよって。

俺が「ずっと好きだった」なんて言ったら、朱音先輩はどんな顔をするだろう。


【朱音side】


昼休み、いつものように友里ちゃんと中庭でお昼ご飯を食べていたら、ふと友里ちゃんが私に尋《たず》ねてきた。

「そういえば朱音、例の森川くんと相変わらず仲いいけど、その後なにか進展ないの？」

なにかと思えば森川くんの話で。

「えぇっ！　進展だなんて、なにもないよっ。森川くんはべつに、ただのバイト先の後輩だし……」

「それにしてはずいぶん懐かれてない？　私だったらあんなイケメンに気に入られたら、絶対好きになっちゃうけどなー」

「いやいや、あれはべつに気に入られてるとかじゃないよっ。ほら私、すごく抜けてるから、からかいやすいだけなんだと思う」

「え～っ。でも、どうでもいい子のことからかったりしなくない？　私、あれは絶対朱音のこと好きなんだと思うけど」

そんなふうに言われたらドキッとしてしまう。

たしかに森川くんはなぜかやたらと私に構ってくるし、いつも思わせぶりなことばかり言うから、私もついそんな彼にドキドキしてしまうんだけど……。いちいち本気にしたらダメだよね。

「そ、それはないって。だって私、森川くんの前でいつもドジばっかりだし、好きになる要素なんかどこにもないと思う」

「いやいや～、朱音はそのドジなところがまた可愛いんだって」

「えぇっ、そんなことないよ。ほんと私バイトでもミスばっかりしてるから、そのうち呆《あき》れられちゃうんじゃないかって思うよ」

そう。最近私、森川くんの前だと特にミスしたりドジをやらかしたりすることが多くて、本当に情けなくて。先輩らしくしっかりしなきゃって思うのに、ポンコツな自分に呆れてしまう。

まぁひとつは、森川くんのことを変に意識しちゃってるっていうのもあるんだろうけど……。

彼はどうしてこんな私にいちいち構ってくるんだろう。私のリアクションがおもしろいから？　特に彼に気に入られるようなことをした覚えもないから、いまだに不思議でたまらないよ。

お昼を食べ終わった後、友里ちゃんは部活の友達に呼ばれて部室へと行ってしまったので、私はひとりで教室に戻ることにした。

職員室の前を通って階段をあがろうとしたら、その時ふとうしろから呼び止められて。

「お、宮下、いいところにいた」

振り返るとそこには、担任の阿久津《あくつ》先生の姿が。

「このプリント、教室に持っていってくれないか。ちょっと先生今から会議があるもんで」

さりげなくプリントの山を渡されて、受け取る。

「あ、はい。わかりました」

そのまま両手に大量のプリントを抱え教室へ戻ろうと階段をあがっていったら、途中踊《おど》り場に差し掛かったところで、うっかりつまずいてしまった。

「わぁっ！」

とっさに手をついたはいいものの、その瞬間手に持っていたプリントをぶちまけてしまって。

う、ウソでしょ……。最悪。

あたり一面に飛び散ったプリントを見て、途方に暮れる。

私ったら、どうしてこうドジばっかりやっちゃうのかな。自分で自分が嫌《いや》になるよ。

必死になってそのプリントたちを拾い集める。

すると、そんな時すぐ真上にある窓から風が吹《ふ》き込んできて、その風に流されたプリントたちが一部舞い上がり、下の階のほうへと飛んでいってしまった。

「え、ちょっと待って……！」

慌てて取りに行こうと階段を下りようとしたらその時、一階から来た男子生徒が、そのプリントを一枚手でキャッチしてくれて。誰かと思ってよく見たら、なんと森川くんだった。

「あれ、朱音先輩？」

「森川くん！」

やだ、どうしよう。恥ずかしいところ見られちゃった。

「このプリント、朱音先輩の？」

そう言って、私の元まで階段をあがってくる森川くん。

「あ、うん。そうなの。ごめんね、ちょっとプリントをぶちまけちゃって……。ありがとう」

気まずい顔でお礼を言うと、森川くんが声をかけてくる。

「大丈夫？　拾うの手伝いますよ」

「えっ！　いいよっ。悪いよっ」

「いいのいいの。どうせ暇だし。俺に任せて」

そう言ってニコッと笑う彼を見て、思わず胸がトクンと高鳴る。

森川くん、優しいなぁ……。

私がドジばっかりやらかして迷惑《めいわく》かけても、彼はいつも呆れたりせず、優しく笑って許してくれるし。年下だけど、なにげにしっかりしてるんだよなぁ。

そして、森川くんに手伝ってもらってなんとか全部プリントを拾い終えた私は、もう一度彼にお礼を言った。

「ほんとにありがとう」

「いいえ。どーいたしまして」

「ごめんね。なんか私、いつもドジばっかりで。自分でもほんと嫌になっちゃうよ」

そう言って力なく笑った私を見て、優しく微笑む森川くん。

「なんで謝るの？　いいじゃん、ちょっとくらいドジでも。そのぶん一生懸命やってるんだし」

「えっ？」

「朱音先輩はいつも、頑張りすぎて力入っちゃうだけでしょ。そういうとこも含《ふく》めて、先輩のいいところだと思うけど」

思いがけず優しい言葉をかけられて、心臓がドキッと跳ねる。

まさか、森川くんがこんな真面目にフォローしてくれるなんて。

「そ、そうかな。でも私、最近森川くんにも迷惑かけてばっかりだし……」

「そう？　俺は迷惑だなんて思ったことないよ。むしろ、朱音先輩のドジには毎回癒《い》やされてるしね。可愛いなーって」

「……なっ！」

癒やされてる？　可愛い？

ギョッとして目を見開くと、森川くんが私をじっと見つめながら呟《つぶや》く。

「それ以上に先輩は、いろんな人のこと、笑顔にしてると思うよ」

「えっ……」

「俺、初めて朱音先輩に会った時、思ったんですよね。この人の笑顔見てると、なんか元気出るなーって。だから、朱音先輩は笑ってたほうがいいよ」

なにそれ……。元気が出るなんて。森川くん、そんなふうに思っててくれたの？

そんなに嬉しいこと言われたら私、感激しちゃうよ。

「あ、ありがとう。森川くん」

私がしみじみとした顔でお礼を言ったら、その瞬間森川くんが私の手首をギュッと握ってきた。

「っていうか先輩、いいかげんそろそろ名前で呼んでくださいよ」

「えっ！　いや、そんな急に言われても……っ」

「急にって、前からずっと言ってるじゃん」

そう言って、顔をぐんと近づけてくる森川くん。

「ど、どうしてそんなに名前で呼んでほしいの？」

「どうしてって……朱音先輩の特別になりたいから」

「……っ」

またまた、冗談だよね？　本気で言ってるのかな？

戸惑《とまど》う私に森川くんはコツンと額をくっつけると、また私の目をじーっと見つめてくる。

「呼んでよ。七星って」

――ドキン。

そんなふうにお願いされたら、拒否できなくなる。

「な、七星……くん」

私が照れながら口にすると、その瞬間彼にクスッと笑われて。

「よくできました」

うぅ……。もう、なにそれ。言っとくけど、こっちが先輩なんだけどなぁ。

なんて思いながらも、心臓がなぜかめちゃくちゃドキドキいってる。

「今度から森川くんって呼んだら、罰《ばつ》ゲームね」

「えぇっ！　ちょっと待ってよ。なんでそうなるの⁉」

「だって、一回呼べたんだから、もう呼べるでしょ」

こうやって、ちょっぴり強引なところも相変わらずで。振り回されてるってわかってるのに、なぜか彼のことを、嫌《きら》いになれない。

むしろ、どんどん気になるようになってしまっている自分がいて。

どうしちゃったのかな、私。なんでこんなにドキドキしてるんだろう……。

ある日の放課後。いつものようにカウンターの奥《おく》でせっせとドリンク作りに励《はげ》んでいた私。

今日は新作のいちご味のラテが出たばかりでいつもよりお店が混んでいて、一息つく間もなくどんどん注文が入ってくる。しかも、新作のラテはまだ作り方も覚えたてで慣れていないので、いつも以上に気を張って作らないといけなくて、とにかく間違えないようにと必死だった。

「……ふぅ」

ようやく客足が落ち着いてきたかなというところで、ホッとして息を吐《は》きだす。

すると、向こうでレジを担当していた七星くんがこちらまで歩いてきて、声をかけてきた。

「お疲《つか》れ、朱音先輩。すげーいちごラテラッシュだったね」

「いや、ほんとだよ。私、作りすぎて手がもげるかと思ったよ」

私がそう口にした途端、「あはは」と笑いだす七星くん。

「いやー先輩、よくあの量こなしましたよね。おかげで今日は完売だし、これでちょっとは落ち着くかな」

「うん、よかった」

――ガタン。

するとその時、新たに下げ台にトレーが置かれる音がして。

振り返ると、台の上がすでに使用済みのトレーやグラスでいっぱいになっていた。

今のうちに片付けないと、と思い、慌てて下げ台の前へと向かう。

まとめて持ち運べるようにトレーを重ね、グラスを整理する。

そしたらそんな私の元に、ひとりのお客さんがグラスを持ってやってきて、声をかけてきた。

「ごちそうさま」

よく見ると、その人はスーツを着て黒縁《くろぶち》眼鏡をかけ、リュックを背負った真面目そうなサラリーマンで、最近よく来るお客さんのひとりだ。歳《とし》はおそらく、20代後半くらいだと思う。

「ありがとうございました。こちら、お預かりします」

そう言って男の人のグラスを受け取る。すると、彼は続けて話しかけてきて。

「あ、お姉さん、新作のいちごラテ、おいしかったよ」

「ありがとうございます！　よかったです。あれ、おいしいですよね。私も好きなんです」

「いやぁ、お姉さんの作るドリンクがやっぱり一番いいね」

「そ、それはどうもっ。嬉しいです」

「ねぇ。ちなみに今日は何時頃終わるの？　お仕事」

すると、いきなり思わぬことを聞かれてドキッとした。

なんで私のシフト時間なんて聞いてくるんだろう。

「え、えっと……今日は九時半までですけど」

「そっかー。九時半ね、了解《りょうかい》。あ、そうだこれ……」

すると彼、今度はズボンのポケットからレシートの紙を取り出すと、なぜか私に手渡してくる。

「僕《ぼく》の連絡先《れんらくさき》、書いといたから。よろしくね」

それだけ言うと、ニコニコしながら去っていく男の人。

唖然《あぜん》としながらも、おそるおそるその紙を開いてみる。そしたらそこには、本当にその人の名前と電話番号とメッセージアプリのＩＤが書かれていた。

え、ウソでしょ。こんなの初めてもらったよ。よりによって、どうして私なんかに。

下げ台の片付けを終えてカウンターの中に戻ったら、七星くんが横から現れて、ポンと私の肩《かた》を叩いてきた。

「ねぇ朱音先輩、今、サラリーマンの男になにかもらってたでしょ」

「……あ、うん」

よく見てるなぁ、なんて思いながらも、エプロンのポケットから先ほどもらった紙を取り出して彼に見せる。

「なんか、連絡先だって。私、こんなのもらったの初めてだからびっくりしちゃったよ。もの好きな人もいるんだね。うちの店、他に可愛い子いっぱいいるのに」

なんて言いながら眉《まゆ》を下げて笑ったら、なぜか紙を持つ私の手をギュッと握ってくる七星くん。

「なに言ってんですか。朱音先輩って、バカなの？」

「……なっ！」

ちょっと待って。バカって、なんで？

「そーいうの、無自覚って言うんですよ。知ってた？」

「え、な、なにが？」

いまいち彼の言っていることの意味がわからなくて、困惑してしまう。

「その紙、どうするの？　まさかほんとに連絡したりとかしないですよね？」

「し、しないよっ」

「じゃあ俺が預かっときますね」

すると、七星くんはそう言って、なぜか私の手からその連絡先の書かれた紙を取りあげた。

そして、あろうことか、それをくしゃくしゃに丸めると、そばにあったゴミ箱へポイッと投げ入れて。

ウソ！　捨てた……。

私が驚《おどろ》いた顔で彼の顔を見上げると、七星くんがじっと顔を近づけてくる。

「だって、必要ないでしょ？　どこの誰かもよくわかんない男に隙《すき》見せたらダメですよ」

「いや、べつに私は隙なんて……っ」

もちろん私、あの男の人には全く興味はないし、連絡するつもりなんてなかったけど。

でも、どうして七星くんがそんなこと言うんだろう。

「っていうか、朱音先輩は……」

すると七星くん、今度は私の肩にポンと片手を置くと、耳元に顔を寄せて。

「他の男のモノになったりしちゃダメなの」

「……っ」

ボソッと囁かれた言葉に、ドキッと心臓が飛び跳ねた。

なにそれ。どういう意味？

だけど次の瞬間、七星くんは私から顔を離すと、イタズラっぽく笑って。

「なーんてね」

な、なんだ。ドキッとしたよ。ほんと心臓に悪いんだから……！

「それじゃ俺、先に休憩《きゅうけい》行ってますね」

そう言って事務所へと向かう彼を見つめながら、まだドキドキとうるさい胸に手を当てた。

「お疲れ様でーす」

無事に今日の仕事を終えて、七星くんと一緒に事務所へと戻った私。

さっそく私服に着替えようと思い奥にある更衣室へ入ろうとしたら、七星くんがスマホを片手にボソッと呟いた。

「あ、ナツキから電話だ」

それを聞いてちょっとだけドキッとする。ナツキって、誰だろう。女の子かな？

いやでも、べつに彼がどんな女の子と仲良くしていようが、私には関係ないよね。

そう思いながら先に更衣室へと入る。

すると、着替えている最中、彼の話し声がこちらまで聞こえてきて。

「もしもし、ナツキ？　あー、ごめんごめん、バイトだったんだよ。……あ、マジで？　チケット取ってくれたの？　サンキュー。うん、俺も楽しみにしてる」

その電話相手の人とずいぶん仲がよさげみたいなので、なんだか気になってしまう。

友達かな。もしかして、彼女とか……。いや、まさかね。

そういえば、七星くんって彼女いるのかな？　彼、そういう話をしないから、聞いたことがなかったけど。

でも、あれだけモテるんだから、やっぱり彼女のひとりくらいいたりするのかな。

そう考えると、途端にモヤモヤした気持ちになる。

私ったら、なんで七星くんに彼女がいたら嫌だとか思ってるんだろう。変なの……。

あれこれ考えながらも着替えを終えて、更衣室を出る。すると、七星くんはまだ通話中みたいだったので、小声で「お先に失礼します」とだけ告げて、先に店を出た。

バイト終わりはよく七星くんと一緒に駅まで帰ってたけど、彼、電話してたし、待ってるのもなんか変だし、とりあえず今日は先に帰っちゃってもいいよね？

するとそんな時、うしろからポンと肩を叩かれて。誰かと思い振り返ったら、そこに立っていたのは、今日私に連絡先の紙を渡してきたあの眼鏡のサラリーマンだった。

え、ウソ。この人、なんでここにいるの？　もうとっくに帰ったはずじゃ……。

「お仕事お疲れ様。九時半にシフト終わるって言ってたから、キミのこと待ってたんだよ」

そんなふうに言われて、少しゾッとする。

なにそれ。じゃあこの人は、私のバイトが終わるのを、ここで待ち伏《ぶ》せしてたってことなのかな？

「あ……ど、どうも。なにかご用ですか？」

「うん。あのさ、もしよかったらこのあと僕とデートしない？　おいしいものごちそうしてあげるから。だって、夕飯とかまだ食べてないでしょ？」

「えっ……」

ウソ。デートって……。本気で言ってるのかな？　どうして大人が女子高生なんか相手に。

「いや、でも私、もう帰らないといけなくて……」

とっさに断ろうとしたら、ガシッと手首をつかまれる。

「そうなの？　じゃあちょっとだけ、三十分だけでもいいからさ、話そうよ」

「え、ま、待ってくださいっ。申し訳ないんですが、行けませんっ」

もう一度はっきりと断る。だけど彼は、それでも手を離してくれなくて。

「そんなこと言わずに、ちょっとだけだから、ね？　だって僕、ずっとキミのこと待ってたんだよ？　少しくらい付き合ってくれたっていいでしょ？」

あぁもう、どうしよう。なんでこんなにしつこいんだろう。ここまで強引だとちょっと怖《こわ》いよ。

でも、お客さんだからあまり無下《むげ》にできないし、どうしたら……。

——ギュッ。

そんな時、突然うしろから腕《うで》が伸びてきて、誰かに抱き寄せられた。

「すみません。俺の彼女になにか用でしょうか？」

その声にドキッとして振り返ると、そこにいたのは七星くんで。

ウソ。ちょっと待って、彼女って……。もしかしてこれは、助けてくれたの？

男の人は七星くんの姿を見るなり、驚いたように目を丸くして、うろたえ始める。

「はっ？　え、なに、彼女って……」

「実は俺たち付き合ってるんですよ。だから、この子に手出さないでもらえませんか」

七星くんはそう告げると、さらに私の体をギュッと自分のほうへと抱き寄せてきて。

まるで抱きしめられているかのような体勢に、全身がかぁっと熱くなる。

「……っ、なんだよ。キミが彼氏!?　ウソだろ、なんでこんなチャラそうな奴が」

「ははっ。チャラそうな奴ですみません。でも俺、かなり本気ですよ？　めちゃくちゃ彼女のこと大事にしてるんで」

もちろん、私を助けるためのウソだとはわかっているけど、なんだかものすごく照れてしまう。

「今すぐその手、離してもらっていいですか」

七星くんが念を押《お》すように言うと、その瞬間、男の人はパッと私から手を離して。

「えーい！　ガキのくせに、どいつもこいつも浮かれやがって〜！」

大声でそんなふうに言い放ったかと思うと、近くに落ちていた空き缶《かん》を蹴《け》っ飛ばし、走り去っていった。

……よかった。あきらめてくれたみたい。

「あ、あのっ、ありがとう七星くん！　助けてくれて」

すぐさま七星くんのほうを向き、お礼を言う。

すると彼は、そこでようやく私から身を離すと、こちらをじっと見おろして。

「もう、だから言ったじゃん。隙見せたらダメだって」

「ごめんね。そんなつもりはなかったんだけど、外に出たら、待ち伏せされてて」

「やっぱり先輩は危なっかしいよね。ってなわけで、俺が責任持って駅まで送ります」

そう言って、なぜかギュッと手を繋《つな》いでくる彼。

「えっ？　ちょ、ちょっと、七星くん？」

「言っとくけど、まださっきの付き合ってるフリ続いてるから。手離すの禁止ね」

そんなふうに言われたら、ますます胸のドキドキが止まらなくなる。

ねぇ、どうして七星くんは、私のためにそこまでしてくれるのかな。

こんなことされたらやっぱり、ときめいちゃうよ……。

どうしよう。最近の私は、なんか変。

七星くんのことを意識し始めている自分に気がついてから、どんどん彼のことが気になるようになってしまって。ふとした瞬間にも、彼のことを考えてしまったりする。

バイト中も、学校でも、七星くんの言葉や行動に、今まで以上に振り回されている自分がいて。これじゃまるで私、七星くんに恋《こい》してるみたいだ。

でも、あんなモテモテのイケメンと私じゃどう考えても釣《つ》り合わないし、彼みたいな人のことを好きになるなんて、ちょっとハードルが高すぎるよね。

七星くんは本当は、私のことをどう思ってるんだろう。

いつも思わせぶりなことばかり言ってくるけど、あれは全部、ただの冗談なのかな。

他の女の子にも同じようなことを言ってたりするのかな……。

日曜日、ランチタイムにシフトが入っていた私は、休日の混雑具合でヘトヘトになりながらも、なんとか大きなミスなく仕事をこなし、夕方五時ごろバイト先をあとにした。

今日は七星くんはお休みで、珍《めずら》しく彼とシフトがかぶっていなかったので、ちょっとだけ寂《さみ》しく感じる。日曜日は用事があるって言ってたから、友達と出かけたりしてるのかな。

帰り道、そのままなんとなく駅ビルに寄ってブラブラしていたら、ふとトイレの出口横の壁《かべ》にもたれながらスマホをいじっているある人物の姿を発見して、ドキッとした。

……ウソッ。もしかして、七星くん!?

それにしても、なんだかいつもとちょっとだけ雰囲気《ふんいき》が違うというか。服装も大人っぽいし、髪《かみ》もいつもよりワックスでしっかり立てられてて、やけに気合が入っている感じ。

もしかして、デートとか？　いや、まさかね……。

せっかくだから声をかけてみようかな。でも、誰かと一緒にいるところだったら悪いしなぁ。

あれこれ悩《なや》みながらも挨拶《あいさつ》くらいしようと思い、彼の元へと近寄ってみる。

そしたら次の瞬間、女子トイレから出てきた女の子が、ササッと彼の元へと駆け寄ってくる姿が見えて。

「おまたせ〜っ」

七星くんはそこで、すぐさまスマホをポケットにしまうと、すかさず彼女の手をギュッと握った。

えっ……。

思わず足を止め、その場に固まる。

あれ？　やっぱりこれって……デート？　この女の子は、七星くんの彼女ってことかな？

いや、どう考えてもそうだよね？　だって、そうじゃなきゃ普通、手なんか繋がないだろうし。実際七星くん、今日は用事があるみたいなことを言ってたし……。

「ねぇねぇ、映画の時間、何時からだっけ？」

「んーと、六時四十五分からだよ」

「そっかぁ。じゃあまだちょっと時間あるね」

七星くんに向かってニコニコしながら話しかける彼女は、オシャレでスタイルもよくて、女の子らしさのかたまりといった感じの超美少女。

それを見て、納得すると同時に、すごくショックを受けてしまった。

そっか、そうだよね。七星くんにはやっぱり、こういう子がお似合いだよね……。

私ったらなにを勘違《かんちが》いしていたんだろう。一瞬でも自分がうぬぼれてしまったことが、恥ずかしいくらいだ。

「それまでなにしてよっか～？」

女の子が七星くんを見上げながら尋ねる。そしたら彼はそこで、イタズラっぽくクスッと笑うと。

「んー、じゃあもっとイチャイチャする」

そんなふうに言いながら、女の子のことを両腕でギュッと抱きしめた。

「ひゃぁっ！　もうっ、ダメだよ～、人前で」

「いいじゃんべつに。見られても俺、へーキ」

「ふふふ。まぁいいけど」

七星くんの背中に手を回し、自分もギュッと抱きつく彼女。

ラブラブなふたりを目の前にして、なんだか泣きそうな気持ちになる。

思わず逃《に》げるように、その場から駆け出した。

あぁ、バカだな。なんで私気がつかなかったんだろう。まさか、七星くんにあんな可愛い彼女がいたなんて……。

でも、普通に考えたら、あんな超イケメンでモテモテの彼に、彼女がいないわけがないよね。

それなのに私ったら、七星くんとちょっと仲良くなれたからって勘違いしちゃって、自分にも少しくらい希望があるかもしれないなんて思ってたんだ。バカみたい。

どうしよう。ショックすぎてもう、なにも考えられないよ……。

翌日。朝学校に着いてからも私はずっと落ち込んだままで、友里ちゃんに「顔色悪いよ？　大丈夫？」なんて心配されてしまった。

なるべく考えないようにしようと思っていても、つい昨日のことを思い出してしまう。

休み時間、ひとりでトイレに行って教室まで戻ろうとしたら、その時突然うしろから、誰かに両手で目隠《めかく》しされた。

「ひゃあっ」

「だーれだっ」

ウソ。この声は……。

「な、七星くん」

小声でボソッと答えたら、七星くんがそこでパッと手を離した。

「正解〜！　って、朱音先輩、どうしたの？　なんか今日、テンション低くないですか？」

「そ、そんなことないよっ……」

「いや、絶対テンション低いでしょ。俺にはわかりますよ。なにかあった？」

心配そうに顔を覗き込んでくる七星くんは、いつもどおり。明るくて、優しくて、人懐っこい彼のまま。

だけど、それも今となっては、疑問でしかない。

だって、どうして七星くんは、彼女がいるのに私にこんなふうに構ってくるんだろうって。普通彼女がいたら、他の女の子に思わせぶりなことをしたらダメなんじゃないのかな?

いつから彼女がいたのかは知らないけれど、今までの私に対する態度はかなり思わせぶりだったと思うから、あれをもし彼女が見たら、すごく嫌な気持ちになると思う。

あんなに可愛い彼女がいるのなら、他の子のことなんて構わずに、ちゃんと大事にしてほしいよ。遊び半分で私のことをからかってるのなら、もうやめてほしい。

「な、なにもないよっ。それじゃ私、急いでるから」

いつになく冷たい口調でそう言い放ち、その場から立ち去ろうとする。

正直すごく胸が痛んだけれど、仕方ない。だってあまり彼と話してたら彼女さんに悪いし……。

そしたらそんな私を引き止めるかのように、七星くんがギュッと腕をつかんできた。

「いや、ちょっと待って。なにその態度。なんか先輩変じゃない? 俺、なにかしましたか?」

「し、してないよ。本当に急いでるの……っ」

「ウソだ。なにかあったって顔に書いてあるし。ちゃんと答えてくださいよ」

急に真面目な表情で聞いてくる七星くん。どうしてそんな必死な顔するんだろう。

「じゃあ、ひとつ聞いてもいいかな……」

「うん。なに？」

「えっと、その……っ。七星くんって、か……」

もうこうなったら、ハッキリ本人に確かめるしかない。「彼女いるの？」って。「昨日駅ビルでデートしてた子は、彼女なの？」って。

それなのに、どうしてなのか、その続きが口から出てこない。

ドクドクと心臓の鼓動《こどう》が速まって、足が震えてきて……。

あぁダメ。やっぱり聞けないよ。怖い。

「や、やっぱりなんでもないっ！」

そのまま私は彼の腕を振り切ると、逃げるように走り去ってしまった。

バカだな。なにやってるんだろう。どうしてちゃんと聞けなかったんだろう。

しかもいきなり逃げ出すとか、どう考えても不自然すぎるよね。

こんなことしてたら、バイト中も気まずくなっちゃうのに……。もう、どうしたらいいの？

翌日。放課後バイトのシフトが入っていた私は、内心モヤモヤしながらも、黙々《もくもく》と仕事をこなしていた。

七星くんとは今日もシフト時間がかぶっているけれど、昨日変な態度を取ってしまった手前、ちょっと気まずい。だけど、客足が絶えず忙《いそが》しかったのであまり雑談をする暇もなくて、彼から昨日の件についてなにか聞かれることはなかった。

そんなこんなであっという間に休憩時間になり、店長と入れ替わりで先に休憩に入る。

事務所のドアを開け、中にあったパイプ椅子《いす》に座ってボーっと考え事をする。

どうしよう。私、七星くんとこれからどう接していけばいいんだろう。彼女のことも結局ハッキリ聞けないままだし。

ようやく七星くんに惹《ひ》かれ始めている自分に気がついたところだったのに、まさか、このタイミングで彼女がいた事実を知るなんて。

でも、こんなにショックを受けてるってことは、やっぱり私、七星くんのことをいつのまにか好きになってたってことだよね……。

どうせなら、もっと早く知っていればよかったな。そしたら彼のこと、好きにならずにすんだかもしれない。無謀《むぼう》な恋をしなくてすんだかもしれないのに。

七星くんはどうして、彼女がいるのに他の女の子に思わせぶりな態度を取るんだろう。

やっぱり、イケメンだしめちゃくちゃモテるだけあって、女慣れしててチャラいのかな……。

するとその時、ガチャッと事務所のドアが開いて、中に誰かが入ってきた。

ドキッとして目をやると、なんとそこにあったのは七星くんの姿で。

私が驚いた顔をしていたら、七星くんが声をかけてきた。

「お疲れ様です。急に暇になったから、店長が早めに休憩入っていいよって」

「あ、そうなんだ……。えっと、お疲れ様……」

どうしよう。ふたりきりになっちゃった。やっぱりなんか気まずいな。

すると七星くん、私の隣の椅子に腰《こし》掛けると、少しムスッとした顔で。

「やっぱり先輩、なんか昨日から変ですよね？　しかも、俺に対してだけ」

えっ……。

「そ、そんなことないよっ」

「いや、ある」

そう言った途端、ギュッと私の腕をつかんでくる彼。そして、じっと顔を近づけてきて。

「なんでそんなによそよそしいんですか？　理由があるならちゃんと言ってくださいよ」

「……っ」

ドクンと心臓が跳ねるのと同時に、その真剣《しんけん》なまなざしから目をそらせなくなる。

ダメだ。やっぱりもう、ハッキリ聞くしかないよね。

そう思って、おそるおそる口を開く。

「な、七星くんは……彼女、いるんだよね？」

「えっ？」

「だったら私のことなんかもう、構わなくていいよ。彼女のこと、ちゃんと大事にしてほしい……」

私がそう告げると、驚いたように目を丸くする彼。

「はっ？　ちょっと待って。急になんの話ですか？　俺、彼女なんかいないけど」

「でも私、見たよ。日曜日、そこの駅ビルで、七星くんが彼女と手を繋いでデートしてたところ」

「はぁっ⁉　デート？　駅ビル？」

「うん。私、ハッキリと七星くんの顔、見たもん。彼女と抱き合ってたところも」

「えぇっ！　抱き合ってた⁉　いやいや、俺、そんなことした覚えないんだけど」

なぜか全力で否定する七星くん。でも、とぼけてるだけなんじゃないかと思ってしまう。

だって、あの日あそこにいたのは、絶対に七星くんだったよ。

「絶対なんかの間違いだから……って、あっ……」

すると七星くん、急になにか思い出したような顔をして。

それを見たら、やっぱり心当たりがあるんだと思って、胸がギュッと苦しくなった。

「あ、ごめん。私、もう休憩終わりだ。先に戻るねっ」

ちょうど休憩時間が終わるところだったので、それだけ告げて椅子から立ち上がる。

「ちょっ、待って！　朱音先輩！」

七星くんが引き止めるように声をかけてきたにもかかわらず、逃げるように事務所から出てきてしまった。

はぁ、どうしよう。なんか私、七星くんのことを責めるみたいな言い方になっちゃったな。

べつに、七星くんが悪いわけじゃないのに。私の勝手なヤキモチなのに……。

休憩から戻ると、さっそくレジの前にカップルのお客さんがやってきたので、笑顔で声をかける。

「いらっしゃいませ」

だけどそこで、そのカップルの顔を見た瞬間、ギョッとして心臓が飛び跳ねた。

えっ！　ウソ。ちょっと待って……。なんで!?

だって、そこにいたのは、七星くんに顔がそっくりな男の子と、可愛い女の子のふたり組で。

先日私が駅ビルで見かけたあのカップルにそっくり……というか、その時のカップルだと思う。

なにこれ。どうしてこんなに七星くんにそっくりな人がいるの？　じゃあ、先日私が見かけたのは、七星くんじゃなくて、この人だったのかな……？

私が驚きのあまり固まっていると、その七星くんにそっくりな男の子が尋ねてくる。

「すいません。あの、今日って森川七星いますか？」

「えっ……」

まさかの七星くんの名前が飛び出してきて、ますます驚く。

「あ、はい。でも森川は今、休憩に入っておりまして。よかったら、呼んできましょうか？」

友達なのかなと思って、そう声をかけてみたら、その男の子は笑いながら首を横に振った。

「いやいや、大丈夫です。見つかったら七星に怒《おこ》られちゃうから」

えっ、怒られる？　どういう意味なんだろう？

そんな時、背後からフッと人の気配がして、誰かが私の隣に並んだのがわかった。

「おい七月、なにしに来たんだよ」

そう。そこに現れたのは、いつの間にか休憩から戻ってきたらしい七星くんで。思わずドキッと心臓が跳ねる。

すると、七星くんに七月と呼ばれていたその男の子は、イタズラっぽく笑いながら。

「七星の好きな子がここでバイトしてるっていうから、気になって見に来ちゃった」

……えっ、好きな子⁉

思いもよらない彼の発言に、ギョッとして目を見開いた。

すると、次の瞬間七星くんは顔を真っ赤にして、七月くんに向かって焦《あせ》ったように言う。

「バカ！　お前、それ言うなって……！」

「あー、ごめんごめん」

その会話を聞いて、一気に心拍数《しんぱくすう》が上がってしまう。

ちょっと待って。なにそれ。じゃあ、七星くんの好きな子って、この店にいるの？

ドキドキしてそわそわして、急に落ち着かなくなってくる。同時に少しだけ期待してしまった私。

まさか、まさかね……。

七月くんとその彼女はドリンクをふたつ注文すると、笑顔で手を振りながら店内奥へと消えていく。彼らが去ったあと、七星くんは突然私の手首をつかむと、ボソッとこう口にした。

「あのさ、朱音先輩……。今日終わったあと話あるから待ってて」

バイト終わり、着替えを終えて七星くんとふたり店をあとにした私。

店の裏口を出て少し歩いたところで、七星くんが急に立ち止まった。

「それで、さっきの話なんだけど……。日曜日、朱音先輩が見たのってたぶん、さっき店に来てた七月カップルのことだよね？」

そう言われて、あらためて確信すると同時に、ホッとする。

じゃあ、やっぱりあの日私が見かけたのは、七星くんじゃなかったんだ。

「あいつ、俺の双子の兄なんですよ。たぶん、顔そっくりだから間違えたんだと思うけど」

「えっ、双子⁉」

そっか、だからあんなにそっくりだったんだ。じゃあ私はそれを見て、勝手に勘違いして……。

「だから、彼女いないっていうのはマジだから」

「そ、そうだったんだ。やだ、ごめんね、私ったら勘違いしちゃって……。七星くん、双子だったんだね。知らなかった」

「うん、そう。言わなかったっけ？　一卵性だから超そっくりなんですよ。中身は全然違うけど」

事情がわかった途端、急に勘違いした自分が恥ずかしくなると同時に、申し訳なくなる。

「ほんとにごめんなさい……。私、てっきり彼女がいるのかと思って、変なこと言っちゃって」

もう一度謝ったら、七星くんはそんな私を見てクスッと笑うと、ポンと頭に手を乗せてきた。

「朱音先輩って、やっぱりバカですね」

そして、次の瞬間彼は、思いもよらないことを口にして。

「俺、好きな子を追いかけてここでバイト始めたんですよ」

「えっ？」

ウソ。好きな子って……さっき七月くんが言ってた子のことだよね？

「その人、すっげー鈍感《どんかん》で、全然俺の気持ち気づいてくれないんですけど……。誰のこと言ってるかわかります？」

そう言って、じっと私の顔を覗き込んでくる七星くん。

「……え、えーと……」

私はどこかで自分のことだったらどうしようなんて思いつつも、自信がなくて言い出せなくて。

そしたら彼は、いきなり片腕をギュッとつかんできたかと思うと、さらに顔を近づけてきて。

次の瞬間、少し強引に私の唇《くちびる》をふさいだ。

「……んっ」

突然の出来事に、一瞬頭が真っ白になる。

あれ？　ちょっと待って。なんで……？

そっと唇が離れたあと、七星くんは私を見おろすと、イタズラっぽくこう口にする。

「もうわかったでしょ、先輩」

そこであらためてキスされたんだと自覚した私は、一気に全身がかぁっと熱くなった。

ど、どうしよう。そんな……。まさか、七星くんが、私のことを……。

じゃあ七星くんは、私を追いかけてここでバイトを始めたってこと?

「ウソ……。な、なんで……っ」

動揺《どうよう》する私に向かって、七星くんが続ける。

「朱音先輩は覚えてないと思うけど、実は俺、中三の時この店に来たことがあって。俺が過去問を忘れていったのを朱音先輩が届けてくれて、受験勉強頑張れって励ましてくれたんですよ。その時朱音先輩の笑顔に一目惚れして、それからずっと好きだったんです」

「えぇっ! そうだったの⁉」

言われてみれば、そんなことをした覚えがあったかもしれない。でもまさか、そんなにも前から私のことを好きでいてくれたなんて……。

しかも、一目惚れだなんて、信じられないよ。嬉しすぎて、夢でも見てるみたい。

「そうですよ。その時から俺、朱音先輩しか見えてないし。ずっと朱音先輩のことばっかり考えてたんだよ」

七星くんはそう言うと、ギュッと私を強く抱きしめる。

ドクンと心臓が飛び跳ねて、ますます自分の体が熱くなっていくのがわかる。

「だからそろそろ、俺だけの朱音先輩になってくださいよ。ダメ？」

耳元で、甘えるような口調で聞いてくる七星くん。

「だ、ダメじゃ、ない……。私も、七星くんが好き……っ」

ドキドキしながらそう告げたら、七星くんは嬉しそうな声で呟いた。

「……ヤバい。超嬉しい。やっとつかまえた」

そして、そっと腕を離したかと思うと、私をじっと見下ろして。

「もうこれからはずっと、俺が朱音先輩のこと独《ひと》り占《じ》めするから。覚悟して？」

「うん」

真っ赤な顔で頷《うなず》いたら、再び甘いキスが落ちてきた。

Fin.

甘い口づけはキミだけに。

＊あいら＊

ひんやりと冷たくて。それなのに、じんわりと温かくて。

ファーストキスの味はわからなかったけど、伝う体温だけは、鮮明《せんめい》に記憶《きおく》として残った。

ファーストキス

「いってきます」

学校の支度をして、家を出る。

足に重しでも付いているかのように、足取りは重く、学校に着くことを拒んでいるみたい。

勘違いのないように言っておくと、私、菜生和歌《ななせわか》は学校が嫌いではない。むしろ大好き。

ならどうしてこうなっているかというと、原因は数日前に遡《さかのぼ》る――。

学校の帰り道。いつもならなにげなく通り過ぎる川の前。私の目に飛び込んだのは、小学生くらいの女の子が、川の中でもがいている姿だった。

え……？

ぴたりと足が動かなくなり、その場に立ち止まる。

「たす、けてっ」

声にならない声で、必死にそう叫《さけ》んでいる女の子の姿に、私は一目散に走って、そのまま川に飛び込んだ。

泳ぐのは得意ではないけど、不得意でもない。

女の子に近づいて、手を伸ばす。よし、届いた……！

もう大丈夫だからねと伝えるように、女の子を抱き上げる。

けれど、女の子はパニック状態で、私をつかんだまま暴れ続けていた。

どうして溺《おぼ》れた人を救助した人間が、一緒に溺れてしまうのかがわかった。

「大丈夫、大丈夫だから、落ち着いて」

溺れてパニックになってる女の子を、冷静にさせることは難しいと判断する。私は精一杯の力で女の子を押して、足が届くところまで流した。

流された女の子は、川底に足がついたのか、ようやく動きを止めて自分の状況《じょうきょう》が理解できた様子だった。

よかった……と、安心したのもつかの間、自分の体の違和感《いわかん》に気づく。

足が、つっちゃった。ど、どうしよう、動けない。

最悪は重なり、今私がいるのは水深の深い部分。足もつかなければ、泳ぐこともできなかった。

まさか、こんなところで人生が終わっちゃうなんて……。

でも、若い命を助けられて、よかった……。

そう自分の最期を惜《お》しみ、私は意識を手放した。

意識が途切れる直前……なにかに抱きしめられたような、感覚があったような、なかったような……。


そして——唇の柔《やわ》らかい感触で、目が覚めた。

私の視界を占領《せんりょう》していたのは、至近距離にある男の子の顔。

「……よかった」

男の子は私を見て、ほっとしたようにそう呟いた。

……これは、いったい？

自分の状況に疑問を持ったと同時に、さっきの出来事を思い出す。

そうだ、女の子が溺れていて……。

「女の子は⁉」

私は勢いよく起き上がり、辺りを見渡す。

すると、うしろに目に涙《なみだ》をたくさん溜《た》めながら、私を見る女の子の姿があった。

「お、おねえちゃんっっ！」

服は濡《ぬ》れきっているけど、元気そうな姿に心底ほっとする。

「あ……よ、よかった……」

「助けてくれてありがとう……！　ごめんなさいぃぃ！」

号泣しながら抱きついてくる女の子に、私は笑顔を返した。

「だ、大丈夫だよ！　おねえちゃん元気だから、ね？」

「うわああん！」

「その子、妹？」

男の人が、私と女の子を見ながらそう聞いてきた。

「い、いえ」

「知り合い？」

「ち、違います……初対面で……」

「赤の他人かよ……」

なぜか、呆れた様子でため息をついた彼。

「とりあえず、救急車呼んであるから、念のため診《み》てもらったほうがいい」

「は、はい……！ ありがとうございま……」

そこまで言いかけて、残る一文字の「す」が出てこなかった。

あらためて男の子の顔を見て、彼が誰だかわかったから。

この人……同じクラスの、結城《ゆうき》くんだ。

結城、京《けい》くん。誰もが二度見するほど、現実離れした綺麗《きれい》な容姿をもつ男の子。

全体的に色素が薄《うす》く、儚《はかな》い印象。私を映している瞳《ひとみ》は、透《す》き通るような淡《あわ》い白茶色。

瞳と同じ色の髪は傷みを知らないような艶《つや》があって、触れてみたくなるほど綺麗。

細身だけど身長も高くて、切れ長の目が男らしさを感じさせる。

いつも気だるげな彼は、常に女の子の視線を独り占めしている、校内一の有名人。

……ちょっと待って。

冷静に、さっきまでの出来事を思い出しながら整理する。

私、溺れて……きっと、結城くんが助けてくれたんだよね？

それで、さっき唇に感触があったけど、も、もしかして、人工呼吸とか……。

そこまで想像して、思考がパンクしそうだったため一旦《いったん》考えることを放棄《ほうき》した。

その後のことは、あんまり覚えていない。

救急車が来て、女の子とふたりで乗せてもらって病院に行って……女の子の両親に何度も頭を下げられて。検査をしてもなにも異常がなかったため、普通に家に帰った。

その日が金曜日だったため、土日を挟《はさ》み……月曜日の今日を迎えた。

学校に行くということはすなわち、結城くんに会うということ。

私……人工呼吸とはいえ、結城くんとキス、したのかな？

もしそうだとしたら……。

――とんでもなく、申し訳ない！

私みたいな平凡女にキスなんて、ゆ、結城くん嫌だっただろうなっ……！

それに、助けてもらったお礼もまともにできてない……。

結城くんになんて謝ろう……はぁ、気が重い……。

どんな顔をして会えばいいかわからないけど、そんなこと言っていられない。

今日会ったら、しっかりきっちりお礼を言わなきゃっ。

教室について、そっと中を覗く。

……あっ、いた。

すでに登校していた結城くんの姿を見つけ、ごくりと息を飲んだ。

窓際の一番うしろの席で、ぼうっと外を見ている結城くん。

太陽の日差しが差し込んで、結城くんを照らしている。

そのまま絵画にしたら高値がつきそうなくらい、綺麗な光景。

そういえば、結城くんが誰かと話している姿はあまり見たことがない。

いや、断じて浮いているというわけではないし、人気者の部類に入っているけど、本人はひとりでいるのが楽みたいに見える。

女の子からの人気はすごいけど、「結城くんは観賞用」と言われているのも知っていた。

なんというか、美しすぎて近寄りがたいオーラがある人なんだろう。

教室に入るのに、こんなにも勇気がいったのは初めて。

大きく深呼吸をして、私は一歩踏《ふ》み出した。

ドシドシと歩いて、結城くんの席へ向かう。

「あ、あの、結城京くん！」

そう半ば叫ぶように名前を呼べば、結城くんがちらりと視線を向けてくれた。

「……なに？」

「お、お話が……」

早速謝罪とお礼をしようと思った時、なぜか結城くんが立ち上がる。

「……待って、ここだと目立つ」

え？

不思議に思って振り返ると、クラスメイトたちの視線が私たちに集まっていた。

や、やってしまった……。

私が大きな声を出したから、何事かと思われたのかもしれない。

恥ずかしさと目立ったことへの申し訳なさで、みるみる肩が縮こまる。

「……こっち来て」

がしりと、結城くんに手をつかまれた。

私の手を引いて、教室から出ていく結城くん。

触れた手は……少し、熱かった。


「……で？」

連れてこられたのは、近くの空き教室だった。

いったいなんの話だというかのような視線に、慌てて頭を下げる。

「き、金曜日は、ご迷惑をおかけしてしまいすみませんでした……！」

頭を下げたまま、もうひとつ口にする。

「助けていただいて、ほんとにありがとうございます……！」

改めて思ったけど、もし結城くんが助けてくれなかったら、本当に取り返しのつかないことになっていたかもしれない。

申し訳ない気持ち以上に、感謝の気持ちが上回っていた。

「……別に」

私の熱量に対して、あっさりとした態度の結城くん。

いや、同じくらいの熱量で返事をされても困ったかもしれないけど、まるで結城くんにとってはどうでもいいことみたい。

正直……本当に人工呼吸をしたのかもわからないけど、この様子じゃ結城くんにとっては、大したことではなかったのかな。

そう思うと、少し悲しい気持ちになった。

って、悲しむ理由なんてないのに……！

結城くんも気に留めていないみたいだし、「人工呼吸しましたか？」と聞くのも恥ずかしい。

これはもう、なかったことにしよう……。

真相については置いておくとして、本題はここからだ。

「あの、なにかお礼をさせてほしくて……」

助けてもらった以上、この借りはちゃんと返さないと。

靴磨《くつみが》きでも、パシリでも、なんでもします……！

どんとこい！と思いながら、じっと結城くんを見つめる。

そんな私に返ってきたのは……くすっと、堪《こら》えきれずに溢《あふ》れたみたいな、結城くんの笑顔。

「お礼とかいらないし、大げさ」

わっ、笑った顔、初めて見た。

すごく綺麗……。つい見とれてしまって、ハッと我に返る。

「大げさじゃないです。結城くんが助けてくれなかったら、今頃死んでたかもしれないし……」

私にとって今や、結城くんは命の恩人。

「さっきからなんで敬語なの？」

「え？」

「俺たち同い年なのに」

突然真顔でそう聞かれ、返事に困ってしまう。

た、確かに、いつの間にか敬語になってた。

結城くんって、なんだか同級生に思えないというか……不思議なオーラがあったから。

「タメ口で話して」

「う、うん」

こくこくと頷けば、結城くんが満足げにまた笑う。

その笑顔はやっぱり綺麗で、いったいいくらの値打ちがつくんだろうと思った。

こんなに綺麗に笑う人、いるんだ。

「お礼とか、ほんとにいらない」

私が見とれている間に、さらりとそう言い放った結城くん。

「だから、これからはあんな突拍子《とっぴょうし》もない行動やめなよ。自分のこともっと大切にして」

心配しているような眼差しに、反応に困ってしまった。

もっと大切になんて……結城くん、優しい人なんだな。

「は、はい……」

話したこともないクラスメイトを助けてくれるんだもん、結城くんって、きっとすごくいい人だ。

「また敬語になってるけど?」

「あっ……き、気をつける！」

「うん、気をつけて」

ぽんっと、頭を優しく撫《な》でられた。

突然のことに驚いて、顔が熱を持つ。

男の子に頭を撫でられたのなんて初めてで、私は赤く染まった顔を隠すように視線を下げた。

知らない一面

その後、予鈴《よれい》が鳴ってふたりで教室に戻った。

休み時間になった途端女友達に呼び出されて、どうして話していたのかと追及《ついきゅう》され、結城くんの人気を改めて思い知った。

やっぱり、モテモテなんだなぁ……。

私にとってはファーストキスでも、結城くんにとっては特に気にすることでもなかったんだろう。人命救助のためだけで……。

私ばかりが意識しているみたいで、恥ずかしい。

考えるのはやめようと思い、あの件は頭の中から抹消《まっしょう》することにした。

……なんて、簡単にできるわけもなかったけど。

放課後になり、HR《ホームルーム》の時間。

担任の先生が、明日のことや行事について話している。

ＨＲは騒がしく、先生の話を聞いていない人も多いけど、私はじっと耳を傾《かたむ》けていた。

誰にも聞かれていないと思ったら、先生がかわいそうだ。

「今日の放課後、資料室の整理を手伝ってくれる奴《やつ》はいないかー？」

そんな先生の言葉に、クラスがドッとどよめいた。

「めんどくさいー」

「部活あるから無理でーす」

口々に否定的な声を上げているクラスメイトたちに、あはは……と笑う。

みんな忙しいのかな……。

先生が困ったように眉の両端を下げていて、思わず手を上げてしまった。

「は、はい」

文房具《ぶんぼうぐ》を買いに行きたかったけど、別に明日でもいいや。

「菜生、いいのか……！　いやぁ、菜生ならそう言ってくれると思ったぞ！」

え、そ、そうだったの？

ご満悦《まんえつ》な先生に、苦笑いが溢れた。

「先生さいてー！」

「和歌、手伝わなくていいのにー」

「菜生って相変わらずお人好しだなぁ」

周りの席にいる友達が、心配したように言ってくれる。

「特に用事もないから」

笑顔でそう答え、時計を見た。

帰るの、遅《おそ》くなるかな……お母さんに連絡しておかなきゃ。

「それじゃあ、頼んだぞ。量が多いから、もうひとりくらい手伝ってくれると助かるんだがなぁ」

先生が、ううん……と唸《うな》っている。

そんなに多いのかな。でも、さっきの様子だとみんな忙しいみたいだし、ひとりで頑張ろう。

そう思った時、私は教室の違和感に気づいた。

みんな、振り返って一点を見ている。

なんだろうと思いみんなの視線を追えば、窓際の一番うしろに座っている結城くんが、手を上げていた。

え？　結城くん……？

「お……！　結城も手伝ってくれるのか！　それじゃあ、ふたりともよろしく頼むな！」

え、えっ……。結城くんも手伝ってくれるの……？

予想外の助っ人に、嬉しさと戸惑い半分。

ふたりきりが少し気まずいけれど、でも、人手が増えたのはありがたい。

「内申点は期待していいぞ〜」

冗談を言うように笑う先生に、教室中からブーイングの嵐《あらし》が起こる。

「おい、そんなん聞いてないぞ！」

「そんなことで職権濫用《しょっけんらんよう》したら教育委員会に訴《うった》えられるぞー！」

騒がしい教室の真ん中で、私はひとり、謎《なぞ》の緊張に襲《おそ》われていた。

先生に案内され、資料室に向かう。

その間、結城くんは一言も発さず、私も無言のまま先生についていった。

「ここの整理を頼む。タイトルの五十音順に並べてくれ」

え、こ、ここ全部？

膨大《ぼうだい》な量の書物を前に、呆然《ぼうぜん》としてしまう。

ひとりじゃなくて、よかったっ……。

「それじゃあ頼んだぞ！」

それだけ言い残して、先生は去っていった。

ふたりきりになり、しーんと静まる室内。

き、気まずい。

「よ、よろしくお願いします」

ひとまず空気を変えようと、挨拶をした。

沈黙《ちんもく》の後、「ふっ」と笑い声が降ってくる。

「また敬語になってるけど」

「あっ、ほ、ほんとだ……」

結城くん、また笑った……。

実は、よく笑う人なのかな……？

真顔だと近寄りがたいオーラがあるけど、笑顔は柔らかくて、ずっとそうしていればいいのにと思った。

なんて、私が言うことじゃないけど。

「俺、上の段整理するから、下のほう任せていい？」

早速取り掛かるつもりなのか、結城くんが少しダルそうにしながらも腕を捲《まく》った。

「うん！　ありがとう！」

私も、よーし！と気合を入れて整理を始めた。

それにしても……結城くんは、今日は用事とかなかったのかな？

部活とか入っていないから手伝いに立候補したんだろうけど……少し意外だった。

いつもめんどくさそうにしているし、余計なことには首を突っ込まなさそうなタイプだと認識していたから。

そんなことを思いながら、ちらりと結城くんを見る。

軽々と上の段の本をとって、テキパキと整理をしている。

改めて見ると、結城くんって身長がすごく高い。

クラスの男の子の中でも、うしろから数えた方が早いと思う。

一八〇センチあるかないか……という高身長に、羨望《せんぼう》の眼差しを向けた。

「結城くんって、背高いよね。羨ましい……！」

私の言葉に、手を動かしながら返事をくれた結城くん。

「高くなりたいの？」

「うん！」

できることなら、一七〇センチくらいはほしい……！

モデルさんのようなすらりとしたスタイルに憧《あこが》れてしまうのは、低身長の宿命だ。

「そのままでいいと思うけど」

結城くんの言葉を慰《なぐさ》めと受け取り、私は首を横に振った。

「ちっさいから舐められるの……！」

「可愛いからからかわれてるだけじゃない？」

「えっ……」

今、なんて言った……？

ぽかんと、一時的に開いた口が塞《ふさ》がらなくなった。

思考が停止している私とは違い、黙々と整理を続けている結城くん。

き、聞き間違い、だよね……？

う、うん、絶対にそうだ。そんな涼《すず》しい顔で、〝可愛い〟なんて言うはずない。

それとも……結城くんって、誰にでもそういうこと言う人だったり……。

そこまで考えたけど、決めつけるのは失礼だと反省。

な、なにも聞こえなかったことにしよう。今のは幻聴《げんちょう》だ。そうに違いないっ。

「菜生の高身長とか、想像したら変」

話を続けている結城くんに、あははと笑った。

「そ、そうだよね」

……待って。またさらっと言ったけど……。

「結城くん……私の名前、知ってたんだね」

初めて名前を呼ばれ、驚いた。

同じクラスといえど、私たちに接点はなかったから……。

出席をとる時とかに、聞いて覚えていたとか……？

結城くんは他人に興味がなさそうな印象があったから、そんなにさらっと私の名前が出てきたことに驚いてしまった。

結城くんにとっては、クラスメイトとすら認識されていないんじゃないかと思っていたから。

結城くんが、手を止めて私のほうを見た。

「菜生和歌」

えっ……。

まさか名前まで知っていると思わず、また驚いてしまう。

「せ、正解」

結城くんって、もしかして……。

……とんでもなく、記憶力がいい？

あれかな、クラスの出席表、見ただけで全員覚えちゃいます、みたいな……。

こんなに容姿端麗《ようしたんれい》な上に記憶力まであるなんて、羨ましい限りだ。

けど、偶然《ぐうぜん》覚えてくれていたにせよ、嬉しいな。

実は、入学してから初めて覚えた男の子が結城くんだったから。

「菜生って、苗字か名前かどっちかわからないってよく言われるの」

「俺もだよ」

「そうだよね……！　実はそれで、結城くんには密かに親近感を持ってたの」

菜生和歌。菜生が名前だと思っていたと幾度《いくど》となく言われてきた。別にそれが嫌だとかそういうわけではなかったけど、あんまり語呂《ごろ》が良くないのかなと不安に思った時期もあった。

だから、入学式の日……出席表に書いてあった結城京という名前を見て、親近感が湧《わ》いたんだ。

翌日、結城京が絶世の美男子だと判明して、親近感はどこかへ飛んでいってしまったけど。

黙《だま》り込んだ結城くんの姿に、失言だったかなと不安になった。

「ご、ごめん、嫌だった？」

わ、私みたいなやつに親近感持たれたら、結城くんにとっては名誉毀損《めいよきそん》レベルだよね……！

「……京」

「え？」

「京って呼んで」

突然の申し出に、困惑せずにはいられない。

名前で呼べって……どうして急に？

そう思ったけど、あまりにもまっすぐに見つめられ、首を縦に振る以外の選択肢《せんたくし》が見当たらなかった。

「う、うん」

あんまり自分の苗字が好きじゃない、とかかな？

不思議に思いながら結城くんを見ると、まだなにか言いたげな顔をしていた。

「俺も和歌って呼びたい」

急に名前を呼ばれて、胸がドキッと高鳴った。

構わないけど……なにを考えているのか、全くわからない……。

「ど、どうぞ」

私の返事に、結城くん……京くんは、ご満悦な様子。

「ありがと」

嬉しそうに笑う姿に、また胸が高鳴った。

こんなに綺麗な笑顔を前に、ときめくなって方が難しい。これは不可抗力《ふかこうりょく》……芸能人を見てときめく感覚と同じだ。

恥ずかしくて、ふいっと視線を逸《そ》らす。

「ゆ……京くんは有名人だから、私なんて認知されてないと思ってた」

なにを話していいかわからず、気を紛《まぎ》らわすように本の整理を再開する。

「有名……？　別に普通だけど」

もしかして、自分が目立っている自覚がないのかな……？

確かに、京くんは表立って騒がれている感じではないから、本人も気づいてないんだろうか。

私が京くんだったら、今すぐアイドルかモデルのオーディションを受けて、女の子に騒がれる人生を謳歌《おうか》する。

そのくらい、今も一緒に居るのが不思議になるくらいの端正な容姿。

「ていうか、和歌のことは入学してすぐからずっと知ってたし」

「えっ……」

「お人好しな奴がいるなぁって」

ガクッと、芸人さん顔負けなくらいに肩を落とした。

そ、それは、褒め言葉ではないよね……あはは。

「今回の仕事だって、放っておけばよかったのに。困ってる奴ほっとけないの?」

京くんが、返事を求めるようにじっと見つめてくる。

放っておけないというか……うーん、難しい。

ただ、私にできることがあれば、協力したいってだけで。そんなに優しい人間じゃない、私は。

「先生、たくさん仕事あるだろうし……人望がないように見えたら、かわいそうだなって」

「典型的なお人好し」

一刀両断するようなツッコミに、苦笑いを返した。

「この前も、迷わず飛び込んで行ったからびびった。知り合いかと思ったら、赤の他人だって言うし」

この前って……川で助けてもらった時のことだよね。

あの人工呼吸のことを思い出し、ドキッとする。

「でも、そういうところが……」

なにか言いかけて、やめた京くん。

ん？　そういうところが、なんだろう？

「なにもない。俺終わったよ」

「は、早い……！」

もう終わったの……！

上の段の本棚《ほんだな》を見ると、きちんと五十音順に綺麗に並べられていた。

私はまだ半分も終わっていなくて、急いで手を動かす。

「貸して、俺そっち半分やるから」

「ごめんね、なにからなにまで……」

私がのろまなせいで、京くんの仕事を増やしちゃった……！

罪悪感に駆られる私を見て、京くんがふっと笑う。

「謝らなくていいし、和歌はもっと周りを頼った方がいい」

え……。それは、どういう意味だろう……？

「心配だから、困ってんなら言って」

京くんの言葉の真意はわからない。でも……心配してくれていることは伝わってきて、それと同時に嬉しくなった。

「あ、ありがとう」

どうしよう……京くんの顔が、見れない……。

恥ずかしくて、視線を本に移した。

伝う体温

あの日から……京くんはなにかと、私を助けてくれるようになった。

移動教室の帰り、廊下の奥から先生の姿が見えた。

先生は私を見つけるや否や、なぜか安心した表情を浮かべて駆け寄ってくる。

なんとなく、頼みごとをされるんだろうなと察知した。

「おお菜生！　いいところに……！　実は次の休み時間にノートを運んでもらいたくてな――」

「自分でしたらどうですか」

……え？

ぽんっと、頭に乗った手。どこから現れたのか、じっと怪訝《けげん》な表情で先生を見つめている京くん。

び、びっくりした。

「ゆ、結城」

先生も、突然の京くんの出現に驚いている。

「ノートくらい、自分で運べますよね」

「いやぁ、他にも荷物があってだな……」

「ていうか、なんの授業のノートです？」

「数学だが……」

「だったら、数学の係に頼めばいいじゃないですか」

もしかして……助けてくれたのかな？

「和歌が優しいからって、なんでもかんでも押し付けないでください」

京くんの言葉に、ドキッとした。

「そ、そうだな、悪かった……！」

先生は苦笑いを浮かべながら、「じゃあな！」と言い引き返していく。

荷物持ちをさせられるのは大変だから、助かったけど……少しだけ先生のことも心配になってしまう。

「先生、手伝わなくて平気かな？」

「あいつは楽しようとしてるだけだから。ほっとけばいい」

京くんは、呆れた様子でため息をついた。

「あの資料室の整理も、どう考えても自分でやる仕事押し付けてただけでしょ」

そ、そうなのかな？

「お人好しなのはいいけど、いいように利用されたらもったいないから」

「う、うん。ありがとう京くん」

「どういたしまして」

にこっと笑って、私の頭をぽんっと撫でた京くん。

優しい感触に、くすぐったいような、なんとも言えない気持ちになった。

また、助けられてしまった……。

そして、また別の日——。

放課後になって、別の先生から頼みごとを預かった。

押し付けられたわけではなく、私が英語の係だから、ノートを集めて職員室に持ってきてほしいとのこと。

なかなか重たそうだなと思いながら、積み上げられたノートを持ち上げようとした時だった。

「ストップ。どう考えてもひとりじゃ無理でしょ」

背後から、すっと骨ばった手が伸びてきた。

「貸して」

京くんは軽々とノートの山を持ち上げて、私を見る。

「どこ持ってけばいいの？」

「えっ、せめて私も半分持つよ……！」

運ぶのに付き合ってもらうにしても、全部持ってもらうなんてさすがに申し訳ない。

「このくらい平気。和歌は案内してくれたらいいから」

京くんって、前にも思ったけど、意外と力持ちだ……。って、意外なんて失礼だよね……！

ほとんど片手で持っている姿に、驚いてしまった。

「ありがとう」

でも……ひとつだけ気がかりなことがあった。

「友達と帰らなくていいの？」

さっきまで、男友達と話していたから、心配になる。

「あー、カラオケ行くとか言ってたけど、俺カラオケ苦手だから行かない」

鬱陶《うっとう》しそうに話す京くんに、親近感が湧いた。

「実は、私もちょっと苦手なの」

「音痴《おんち》？」

「それもあるんだけど、空間が……」

いろんな場所からいろんな音が聞こえる騒がしさが、少し苦手だった。

そんなことを言ったら場を悪くしてしまうから、誰かに言ったのは初めてだ。

「和歌の歌、聞いてみたい」

冗談を言う京くんに、くすっと笑った。

そしてその翌日――。

「やっと放課後になった～」

「カラオケ行こうよ！」

「いいね！　和歌も行こ〜」

友達から誘《さそ》われ、笑顔で頷く。

「うん！」

みんな行きたがってるみたいだし、断るのは空気を悪くしちゃう。

みんな優しい友達ばかりだから、怒ったりはしないだろうけど、だからこそ気を遣《つか》わせたくない。

そう思っていたけど……。

「和歌は俺と約束あるから、ダメ」

スタスタとうしろの席から歩いてきた京くんが、さらりとそう言い放った。

女友達はみんな、驚き固まっている。

「行こ」

そんなこと気にも留めず、京くんは私の手をとってそのまま教室を出た。

もしかしなくても……昨日カラオケが苦手だって言ったから、助けてくれたんだよね……？

明日、みんなにいろいろと問いつめられてしまいそうな気がするけど、京くんの気持ちは嬉しかった。

「京くん、ありがとう」

「別になんもしてない」

前を歩いているから、京くんは表情はわからないけど……。

私はそのうしろ姿に、笑みがこぼれた。

そしてまたその翌日――。

日直だから黒板を消さなきゃいけないんだけど……退いてって言える空気じゃないな。

休み時間。黒板の前で、クラスでも明るいグループの子たちが楽しそうに話している。

「邪魔《じゃま》」

どうしよう……と悩んでいると、背後で響いた声。

振り返らなくても、誰のものかすぐにわかった。

京くんの姿を見て、黒板の前に集まっていたクラスメイトたちは一様に顔を青くした。

「わ、悪い……！」

さあっと、みんなが退いてくれる。

「ほら」

私の背中を優しく叩いてそう言ってくれた京くんに、笑顔を返した。

「あ、ありがとうっ」

「ていうか、一番上まで届くの？」

「と、届くよ……！」

そこまでチビじゃないよ……！と、胸を張る。

見ててと言わんばかりに、私は一番上を消そうと手を伸ばした。

「……届いてないけど」

「うう」

と、届くよ……！

そう見せつけてあげようと思ったのに、飛び跳ねてみても届かなかった。

「ふっ、うさぎみたい。可愛いけど」

「か、かわっ……！」

冗談でも、さらっとそんなこと言わないでっ……。

深い意味はなくても、ドキドキしちゃう……。

「貸して」

京くんが、私から黒板消しをとった。その時に手と手が触れてしまって、また心臓は騒がしくなる。

軽々と上の方を消して、綺麗にしてくれた京くん。

「頼れって言ったじゃん」

「は、はい……」

「でた。敬語和歌」

「よ、四字熟語みたいに言わないで……！」

最近、私……京くんに助けられてばかりだ……。

自分でもそう自覚するほど、京くんはことあるごとに私を助けてくれた。

体育の授業中。体育館内が、女の子の黄色い声で溢れていた。

「きゃあー!!」

「京くん、かっこよすぎ……!」

「またポイントとったよ……!」

体育は男女別だけど、今日はコートを半分にして、それぞれバスケの練習試合をしている。

京くんが大活躍《だいかつやく》しているみたいで、私も見たいけど……少し疲れてしまって、体育館の隅《すみ》っこで座っていた。

さっき試合をして、バテてしまった。運動不足だ……。

遠目から、大活躍中の京くんを探した。……なんて、探さなくてもすぐに見つかった。

ボールを持って、独走状態の京くん。

わっ……すごい、スリーポイントだ……。

顔が綺麗で頭も良くて、身長も高くて運動もできちゃうなんて……羨ましいよ京くん!

なんていうか、こうして見ると……本当に住む世界が違う人って感じがするなぁ。
地味で平凡な私と、いつだってキラキラ輝いている京くん。
眩しくて、思わず視線を逸らした。
今更だけど、どうして京くんは……いつも私なんかのことを助けてくれるんだろう。
京くんが私に構ってくれる理由が見つからなくて、不思議で仕方なかった。
「和歌ー！　次の試合始まるよ！」
少し経って、同じチームの友達が声をかけてくれた。
もう終わったんだ……よし、頑張ろう。
気合を入れて立ち上がった瞬間、足元がふらついた。
どうしよう、ちょっとくらくらする……。
軽い貧血かな……でも、倒《たお》れるほどじゃないし、我慢できそう。
さっきは戦力外だったから、次は少しでも貢献しなきゃ！
そう思いながらも、足元がおぼつかず、頭痛もしてきた。
どうしよう、気持ち悪い……。
我慢《がまん》我慢……。

「和歌」

頭上から声がして、反射的に顔を上げる。

目の前に、心配そうに私を見つめる京くんの姿があった。

「保健室行くよ」

京くん、試合終わったのかな？　って、保健室？

「け、京くん、どこか悪いの……？」

「悪いのは和歌でしょ、ほら」

そう言って、私の腕をつかんだ京くん。

「わ、私、どこも悪くないよ！」

「……強情」

ふわりと、体が宙に浮いた。

京くんが、私のことを抱きかかえたから。

「わっ、け、京くん……！」

これって、お、お姫様《ひめさま》抱っこっていうやつじゃ……。

京くん、みんな見てるよ……！

恥ずかしくてたまらなくて、「離して」とじたばた抵抗する。

「和歌、じっとして」

「ど、どこ行くのっ！」

「保健室って言ったでしょ。無理やりでも連れてく。体調悪いんでしょ」

京くんは、どうして……いつも気づいて、くれるんだろう。

私、なんにも言ってないのに……。

「どうしてわかったの……？」

私の質問に、京くんは当たり前のことのように答えた。

「見てたらわかる」

見てたらって……。それ、いつも見てくれてるみたいに聞こえちゃうよ。

そんなはず、ないのに……。

「ていうか軽すぎ。食べてる？」

「た、食べてるよ」

京くんが、心配そうに私を見つめてくる。

そのまっすぐな視線に耐《た》えられず、目を逸らした。

今まで人の世話を焼くことはあっても、焼かれる側になったことはなかった。

だから……京くんがいつも助けてくれるたび、今まで感じたことのないような気持ちになる。

その瞳に見つめられるたび、ドキドキしてしまって……。

気にかけてもらえることが、こんなにも嬉しいことなんだって、初めて知った。

「京くんって、優しいね」

京くんは私にとって、頼もしくて優しくて……。

……優しくて、なに？　今私、なにを考えたんだろう？

「俺が？　全然優しくないけど……」

京くんはそう言ってから、なぜか得意げに微笑んだ。

「まあ、和歌には優しくしてるつもり」

「……っ」

それはいったい、どういう意味なんだろう……。

わからなくて、でも聞き返すこともできない。

きっと、京くんにとっては大した意味のない言葉だって、わかっているから。

「できるだけ揺《ゆ》れないようにするから、寝《ね》てていいよ」

言葉通り、私のことを気遣いながら歩いてくれる京くん。

その優しさに、また心臓が音を上げた。

「ありがとう、京くん……」

こんなふうに、優しくされるのに慣れてない……。

だから、勘違いしそうになる。

私は……京くんの特別なのかなって。そんなわけないことも、わかってるのに。

これ以上余計なことは考えないようにしようと、目をぎゅっとつぶる。

触れ合う箇所《かしょ》から伝わってくる京くんの体温は……体育の後だからか、とても熱かった。

「京くん、ごめんね……」

「和歌のお人好しにはもう慣れたから、平気」

そう言って笑ってくれる京くんに、罪悪感でいっぱいになった。

また巻き込んでしまって、本当に申し訳ない……。

私たちは今、水泳部のお手伝いをしている。

もとはといえば、私が引き受けてしまったのが原因だ。

貧血で京くんが保健室に連れていってくれた日、思いのほか重症《じゅうしょう》だったらしく、お母さんに迎えに来てもらって早退した。

土日を挟んだおかげで体調は全快し、月曜日の今日。学校に来てまず、体育の先生に謝りに行った。

体調を心配して保健室まで来てくれたから、「心配をおかけしました」と挨拶に来ただけだったんだけど……。

『菜生、今日の放課後空いてないか？』

『放課後ですか？』

『実は今、水泳部が大会前の重要な時期でな、今日タイムを計る予定だったんだが、マネージャーが休みで……』

『えっと……』

『今日だけでいいから、水泳部の手伝いに来てほしいんだ……！　水泳部顧問《こもん》として、頼む……！』

……と頼まれ断れず、引き受けてしまった。

そしてちょうど廊下を通りかかった京くんも、手伝いに来てくれて今に至る。

「ほんとにごめんね……」

また京くんの放課後を潰してしまった……。

「ていうか、俺が勝手に首つっこんでるんだから、謝る必要ないって」

優しい京くんは、そう言って私の頭を撫でてくれる。

最近これをされると、否応無しに胸が高鳴ってしまう。

京くんはなんの気なしにしているんだろうけど、いつも心臓が大変なことになっているんだ。

「早く終わらせて帰ろ。アイス食いたい」

顔が熱くなっているのを隠すように、目を逸らした。

「あ、アイスいいね」

「帰り食べに行こっか」

え……。

一緒にどこかへ行くというのは初めてで、突然の誘いに驚いた。

ただアイスが食べたいだけで、深い意味はないとわかっているけど……嬉しい。

「う、うん！　行きたい！」

一緒に寄り道するってだけで、楽しみになった。

京くんと過ごす時間は楽しくて、京くんのそばは落ち着くから……。

「そんなにアイス好きなの？」

喜びすぎてしまったのか、私の反応を見て京くんが笑った。

は、はしゃいでしまった……は、恥ずかしい。

でも、嬉しいから仕方ない。

よし、部活のお手伝い、精一杯《せいいっぱい》頑張るぞ。

そうひとり意気込んだ時だった。

「おい！　あいつ、溺れてないか……？」

大きな声が、辺りに響《ひび》いたのは。

――え？

驚いてプールの方を見ると、一番水深の深い真ん中の方で、女の子が溺れていた。

「ほんとだ……！」

「あの子、一年だよ！　金槌《かなづち》直したいから入部したって言ってた……！」

「泳ぐの下手なのになんで足つかないコースで泳いでるの……！　誰かボード持ってきて！」

部員さんたちが慌てて、助けるものを探している。

私はあの日のことがフラッシュバックして――とっさに、京くんの服をつかんだ。

「……和歌？」

不思議そうに、京くんが私のことを見ている。

私……今、なにを考えてた……？

「大丈夫か！」

離れた場所にいた先生が、真っ先にプールに飛び込んだ。

そのまま溺れている生徒に近づいて、足がつくところまで移動させた先生。

「おい、平気か⁉」

「は、はい……すみません……」

女の子は無事助かり、苦しそうにしながらもしっかりと息をしていた。

みんな助かったことに安堵の表情を浮かべる中、私はさっと血の気が引いた。

私、さっき……。

京くんに、行かないでって……思ってしまった……。

私を助けてくれた時みたいなこと……他の子に、しないでほしいって。

……最低、だ。

自分の思考にゾッとした。そして、心底嫌気《いやけ》がさした。

「和歌？　どうしたの？」

心配そうに顔を覗き込んでくる京くんから、逃げるように走り出す。

「ご、ごめんなさいっ……」

今……私のこと、見ないでほしい。私、汚《きたな》い。

最低な女だ……。

とにかく誰もいない場所に行きたくて、必死で走った。

できるだけ京くんから離れた場所に、行きたかったのに……。

ガシッと、うしろから腕をつかまれた。

「捕《つか》まえた」

どうして、ついてくるの。お願いだから、今は追いかけてこないで。

ひとりに、してほしい……。

腕を振り払おうとしたけど、京くんの力が強くて振りほどけない。

「逃げないで」

京くんはそう言って、私の手をつかんだまま空き教室に入った。

うしろのロッカーに私の背中をつけて、まるで逃さないとでもいうかのように両端に手をつけた京くん。

四方八方を塞がれ、逃げ場がなくなってしまう。

「なんでそんな泣きそうな顔してるの？」

私をまっすぐに見つめながら、優しい声で聞いてくる京くんに……罪悪感で、いっぱいになった。

お願いだから、見ないで。

私……最低なの。

目の前に溺れている女の子がいたのに……自分の気持ちを優先しようとした。

もしあの子が助かっていなかったから、全部私のせいだった。

考えれば考えるほど、自分勝手だった自分が嫌になって、涙が溢れ出した。

私、全然お人好しなんかじゃない……。自分のことしか考えてない、最低な女。

「和歌」

「これは、違うの……私、すっごく嫌な女で……」

京くんに泣いてる顔を見られたくなくて、手で隠すように覆《おお》う。

「俺が、あの女助けると思った？」

図星を突かれ、びくっと肩が震えた。

「和歌にしたみたいに、人工呼吸したり？」

「……っ」

どうして……？　全部、わかるの……？

それに……人工呼吸って……。

やっぱり、あれは夢ではなかったんだと気づいたと同時に——唇に、あの時と同じ感触が走った。

ひんやりと冷たくて。それなのに、じんわりと温かくて。

それがまた、あのキスは現実だったのだと告げてくるみたいに。

なんで……キスするの……。

私は京くんの考えていることがわからず、ただされるがまま甘い口づけを受ける。

ゆっくりと、唇を離した京くんが、私の頬に手を重ねた。

「……しないよ。こんなこと、和歌以外にはしない」

心臓が、痛いくらいに締《し》め付けられる。

「助ける人間がいなかったら、助けに行っただろうけど……こんなこと、和歌にしかしたいと思わない」

京くんは、逸らすことは許さないというように、まっすぐに私を見つめてきた。

綺麗な瞳に、私だけが映っている。

それがどうして……こんなにも満たされるんだろう。

「俺がどうでもいい女子に構うほど、優しい男だと思う？」

ふっと、口元を緩《ゆる》めて聞いてくる。

私は、首を何度も縦に振った。

「お、思うっ」

「え、思うんだ……」

ははっと、可笑しそうに京くんが笑う。

だって、だって……。

「京くん、優しいもん……」

少なくとも、今まで私が出会った男の子の中で、一番優しい。

「じゃあ、教えてあげる」

もう片方の手も、頬に添えられた。

京くんは、まるで愛おしいものを見るように、私を見つめてくる。

「こんなふうに構うのも、優しくするのも和歌だけ」

……本当、に？　私だけ？

「好きな子には優しくしたいって、俺なりに必死だったんだけど」

「好き……？」

さらりと告げられた、とんでもない告白に、一瞬頭が真っ白になった。

ぽかんと間抜けな顔をしているだろう私を見て、今度は京くんが驚いている。

「……待って、気づいてなかったの？　嘘《うそ》でしょ」

き、気づいてなかったのって……本当に言ってるの？

京くんが、私を好き？

う、嘘……。

でも、京くんの気持ちを聞いて全てが腑《ふ》に落ちた。

あんなに優しくしてくれたのも、いつも私の異変に気づいてくれたのも……。

全部好きでいてくれたからだとわかり、顔に熱が集まる。

「俺、めちゃくちゃわかりやすかったと思うけど？」

「だ、だって、京くんみたいにかっこいい人が、私なんかを好きになるわけないって思って……」

絶対に、それだけはないって思っていたから……。

「なんかじゃない」

「え？」

「和歌だから好きになった」

恥ずかしげもなく言い放った京くんに、私のほうが恥ずかしくなった。

私を見つめる視線は相変わらずまっすぐで、逸らすことができない。

「初めは、お人好しな奴がいるなぁくらいにしか思ってなかったよ。でも、いつの間にか心配で目が離せなくなって」

京くんの手が、私の頭に乗せられる。

「和歌が溺れた日、偶然あそこに居合わせて、和歌が飛び込んでいくのが見えたんだ。迷いなく飛び込んでいく姿に、本当にこいつは真のお人好しだなって思った。しかも、意識が戻った時の第一声が、人の心配だったたし、赤の他人のためにここまでできる奴がいるのかって、ちょっと感動した」

「……」

「和歌は自分のこと、全然わかってない。和歌みたいに、損得考えず、ただ『困ってるから』って理由だけで他人を助けられる奴は滅多《めった》にいないから」

そんなこと……ない。そう言おうと思ったけど、言葉を飲み込んだ。

否定してしまったら、京くんに失礼だと思ったから。

「自分のことはあと回しで、他人の世話ばっかり焼いて、ほんとにバカ。でもだからこそ……和歌のことは、俺が守りたいって思った」

京くんの気持ちが嬉しくて、下唇をぎゅっと噛《か》みしめる。

「馬鹿みたいにお人好しで、優しくて、やることなすこといちいち可愛くて……いつの間にかどうしようもないくらい好きになってた」

よしよしと子供をなだめるみたいに頭を撫でながら、京くんはとびきり優しい笑みを浮かべた。

「俺のことこんなに夢中にさせといて、気づかないとか酷《ひど》いでしょ」

そんなの、気づくわけないよ……。

だって、京くんは本当に、王子様みたいで……私じゃ近づくことも許されないような、手の届かない人。

まさかこんなにも素敵な人に愛される日がくるなんて思ってもいなくて、全然理解が追いつかない。

想うこともおこがましいと思っていた人が、自分を好きだと言ってくれるなんて。

愛しくてたまらないっていう顔で、私の頭を撫でている京くん。

もう、頭の中はキャパオーバーで、爆発《ばくはつ》寸前だった。

「えっと……」

「ふっ、顔真っ赤」

からかわないでと言おうと思ったけど、言えなかった。

京くんが、あまりに幸せそうな顔をしていたから。

本当に、いいのかな……。

私が、京くんの隣にいても……。

「あ、あのね京くん」

「ん？」

「私、さっきね、京くんに行かないでって思った」

「うん」

「京くんが言った通り、他の子にキスしないでって思っちゃった……あの女の子、溺れてたのに……大変なことになってたかもしれないのに」

私の話を、じっと聞いてくれる京くん。

こんなこと言ったら嫌われるんじゃないかと思ったのに、瞳の色は優しいまま。いろんな感情が溢れ出して、涙が視界をにじませた。

「私、全然優しくないよ」

京くんのこと、幻滅《げんめつ》させちゃうかもしれないよ。

「京くんが言ってるような、いい子なんかじゃないよ」

さっきみたいに……すごく嫌な私を、見せてしまうかもしれない。

「俺が、そうしたんだよ」

え……？

「和歌を、俺のこと独占したくなるようにしたの」

なに、それ……。

「俺が喜んでるの、わからない？」

京くんは言葉通り、嬉しそうに頬を緩めている。私の独占欲《どくせんよく》に、喜んでいるみたいに。

「話はもう終わり？　他に不安は？」

優しく問いかけられ、首を横に振った。

京くんが全部受け止めてくれるから、もう不安も残ってない。

「で、和歌は？」

「え？」

「俺のこと、どう思ってる？」

焦ったように聞いてくる京くん。早く早くと急かすような瞳は、もう私の答えなんてわかっているはずだ。

「わ、わかってるでしょう……？」

「ちゃんと聞きたい」

子供がおもちゃをねだるような言い方に、きゅんっと胸が高鳴った。

そうだよね。私だけ言わないなんて、卑怯《ひきょう》だ。

京くんは、ちゃんと伝えてくれたんだもん……。

「……好き、です」

本当は、助けてもらったあの日から……京くんへの気持ちを止められなくなっていた。

でも、想ったところで不毛だからと、必死に押し殺していた気持ち。

言葉にすると、改めて実感する。

私は――京くんのことが大好きだって。

私にとっては一世一代の、勇気を振り絞《しぼ》った告白だったのに、なぜか京くんはくすっと笑った。

「敬語和歌だ」

こ、こんな時までからかうなんてっ……。

「もう、京くん――」

「俺も好きだよ」

文句を言おうとした私の言葉は、京くんの甘い声に遮《さえぎ》られた。

「ちゃんと恋人同士として、キスしていい？」

ゆっくりと頷くと、再び伸びてきた手。壊《こわ》れ物を扱《あつか》うみたいにそっと私の頬に触れる。

じんわりと熱い手の温度に、少し自惚《うぬぼ》れたことを思った。
京くんは体温が高いのかなと思っていたけど……もしかして、本当は京くんも、ドキドキしてくれてるのかな？

——このキスが終わったら、聞いてみよう。

Fin.

今夜、天の川の下で もう一度キスをしよう

言ノ葉リン

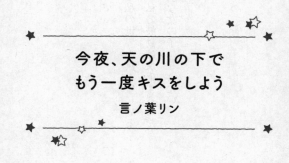

彼は小さい頃から私の世界の真ん中にいる。
彼を彩《いろど》る全てに、私の鼓動は反応するのだ。
いつか、彼の特別な女の子になりたい。

秋も深まった十一月。期末試験が近づいている。

勉強しなきゃいけないことはもちろんわかってるつもり。

お母さんにも「いい加減にしなさいよ！」ってまた叱《しか》られちゃう。

そろそろ大目玉をくらうかもしれないけど、それでも私にとって、放課後のこの時間は勉強よりもなによりも大事なものなんだ。

「退屈《たいくつ》？」

なんて聞いてきて、フッと笑みを零《こぼ》すのは、ふたつ上の幼なじみ・流星《りゅうせい》くん。同じ高校に通う三年生。

私は今、隣の家に住む彼の部屋に来ている。

「へっ……⁉」

彼をずっと見つめていた私、柊雫《ひいらぎしずく》は素っ頓狂《とんきょう》な声をもらした。

「ううんっ。全然、退屈なんかじゃないよ？」

流星くんを見ているだけでドキドキする。

教科書に注がれているその視線が、今みたいに一瞬だけ私へ向けられる瞬間も、すごく……好き。

ああ、私ってホントに流星くんが好きなんだって改めて思い知る。

小学生の頃からの親友の沙耶《さや》にも「重症じゃん」って笑われるけど、本当にそうなのかもって、最近よく思う。

「そんな隅に座ってないで隣に来ればいいのに」

「ううんっ……邪魔しないように、ここにいるの」

すると、勉強していた流星くんが「休憩」と言って机から離れ、私が座るベッドに向かってくる。

透き通るようなほんのり茶色の髪がふわりと揺れた。

髪の先は少しだけゆるっと遊ばせている。

髪色と同じブラウンの瞳、どこから見ても綺麗な輪郭《りんかく》にすっと通った鼻筋、肌だって実は私より綺麗なんじゃないかなと思う。

入学当時から現在進行形でモテ期は継続中《けいぞくちゅう》。

頭脳明晰《ずのうめいせき》な流星くんの身長は一八〇センチに届きそうで、どこにいてもその存在は目を惹きつける。

「ズルいんじゃない？　雫だけ独り占めするなんて」

言いながら私の隣にすとんと腰を降ろした。

肩が触れそうで、それだけでドキドキと心拍数はいとも簡単に上昇《じょうしょう》する。

「だって、モップ……温かいから」

私が抱きしめているのは、流星くんの家族の一員であるチワワだ。

寝そべる姿がモップみたいだから、と流星くんのお父さんが名前をつけた。

真っ白でもふもふしてて、ホントにモップみたい。

「だろ？　俺も毎晩こいつ抱きしめて寝てる」

流星くんに抱きしめられて眠るなんて、羨ましすぎる。

「モップ、お前いつも雫に独占されてんじゃん」

私の胸の中でお利口さんにしているモップをなでなでと優しく撫でる。

ああ……私もモップになりたい……なんて。

流星くんは私が毎日毎日凝りもせずにこの部屋に来ている理由を知らないと思う。

流星くんは、私の初恋の男の子なのだ。

そして絶賛片想い中だ……。

「寒くないの？」

「うん！　全然平気！」

「てか、そのボタン閉めとけよ……」

唐突《とうとつ》に、流星くんが私の胸元を指さした。

学校じゃ第二ボタンはしっかり閉めて校則通り。

だけど、流星くんの部屋に来る時は外しちゃう。

流星くんの学年の女子は、年上だからか、みんな大人っぽくておまけに綺麗な人が多いんだもん。

先輩達はみんな開けてるし……。

「ダメ、かな……？」

私だってほんの少しだけでも気を引きたい……なんて、こんな考えあざといのかも。

おそるおそる目線を上げれば、流星くんの困ったような呆れたような曖昧《あいまい》な瞳が逸らされた。

「いくら幼なじみでも男の部屋だよ？　無防備すぎなのはどうかと思うんだけど」

「えっ。それって、どういう意味で……」

「他の男だったら手ぇ出されてるかもしれないだろ？　心配して言ってんの」

他の男の人だったら……。

ってことは、流星くんは私にはそんな気にならないってこと……!?

悲しいことに、こんなふうに落胆《らくたん》するのはいつものことだったりする。

今まで同様、あの手この手で気を引こうとするも、本日もやっぱり失敗に終わったのだ……。

それなのに、流星くんはズルい。

私に手を伸ばして、その綺麗な指で胸まで伸びた髪をはらうと、第二ボタンを閉めてくれる。

「だからこうしといて?」

さらには顔を傾けて「わかったの?」と、私の瞳をすくうように覗き込んできた。

ドキンッと鼓動が大きく揺れて、頷くのが精一杯の私の顔はじわじわと熱を帯びていく。

そして、流星くんは目を細くして「ん。いい子」と囁いた。

子供扱いされてるのに、たまらなく嬉しくなる。

今までもずっとそうだった。

私が物心ついた時からお隣さんの流星くんのあとをついて回った。

困っているといつも助けてくれて、『これからは俺に言いなよ』って、微笑んでくれたんだ。

もっともっとたくさん流星くんのことを知りたくて。

――流星くんの特別になりたい。

そんな気持ちが芽生えたのは、きっとあの時かもしれない。

小学二年生の時、近所の公園で開催《かいさい》された七夕祭りに一緒に行ったんだ。

天の川の見える夏に生まれたかったなって、しょんぼりした冬生まれの私に、『冬でも天の川は見えるんだよ』と、頭を撫でてくれた。

七夕の伝説や、好きな星座の話を聞かせてくれた流星くんの瞳は、一等星よりも眩しかった。

流星くんは本当に素敵な男の子で、その時から私はずっと流星くんに想いを寄せている。

いつか、女の子として流星くんの瞳に映りたい。

「あ、雫。日曜、空いてる？」

「日曜日!?」

ぼんやりしていたから驚いて大きな声が出た。

突然のお誘い!?と、私は天にも昇《のぼ》る気持ちになって舞い上がる。

「もちろん！　なーんの予定もないよ！」

もしかして、もしかしてだけど、これってデート……とかじゃ。

「勉強会やるんだけど、お前も来る？」

「へ？　勉強会？」

宇宙まで走り出しそうなほどの私の喜びは一気に急降下した。

そりゃそうだよ、付き合っていないのにデートなわけないか……。

「どうすんの？」

「……わ、私も勉強会に参加する！」

日曜日の勉強会は流星くんの部屋で開催された。

念入りにトリートメントもしたし、靴下も穴は空いてないし、忘れ物だっててない。

首から上だけ綺麗にしたってダメなのよ、とお母さんが言っていたからしっかり確かめたし、これなら問題ない！

家を出る前に、最後に鏡を見る。

星座をモチーフにしたヘアピンをつけて、準備万端《じゅんびばんたん》だ。

『まだそれ持ってたの？』と部屋に行くたびに流星くんに言われることはあるけど、私の宝物なんだ。

このヘアピンは子供の頃に行ったお祭りの屋台の景品として飾《かざ》られていて、私がジーッと見ていたら、流星くんが射的で当ててくれたものだから。

白い長方形のテーブルに五人分のノートやら教科書、それに封《ふう》の開いたお菓子《かし》も並んでいる。

期末試験に向けて頑張ろうと意気込んだものの、早速苦手な数学で躓《つまづ》いてしまった。

「だから、この公式を当てはめれば簡単だろ？」

「わぁ！　ホントだ！　さすが流星くん！」

クスッと笑った流星くんの横顔に胸がキュンッと高鳴っていく。

あれだけ考えてもわからなかった問題が、あっという間に解けちゃったんだもん。

問題を解き、解説を読んだりして、一時間が過ぎた頃。

「おっ。マジでモップみたい。雫から聞いた通りだな？」

集中力を切らしたらしく、ベッドにいるモップの頭を撫で回すのは、私のクラスメイトの上原太陽《うえはらたいよう》だ。

「でしょ？　流星くんにべったりで、甘えんぼで可愛いの！」

「ぷ。それって雫のことみたいじゃん」

「ちょっと……っ、ここでそんなこと言わないでよ！」

切れ長の瞳をくしゃりと崩《くず》して太陽が笑う。

ハチミツ色の髪に、最近空けたらしいピアスのせいか、少しやんちゃそうに見える。

けど、誰に対しても分け隔《へだ》てなく接していて、聞き上手でなかなかいい奴だったりする。

流星くんも時々、学校で太陽のことをかまっている。

勉強会のことを話したら、「それ、俺も行くわ」とついてきた。

「はいはーい。真面目にやんない奴は俺が追い出しちゃうよー？」

ポテチをつまみながら私と太陽の間に割って入ったのは、流星くんの友達である鈴《すず》木北斗《きほくと》先輩。天文部の部長も務める。

猫《ねこ》っ毛なのか、柔らかそうな髪は緩いウェーブをかけているみたい。

甘い顔立ちをしていて、モテる先輩ランキングトップスリーの常連らしい。

「そんなこと言わないで、北斗こそ集中しないとダメじゃない」

ふわふわした北斗先輩とは対照的に、落ち着いた柔らかい声で諭《さと》すのは、流星くんと三年連続クラスが同じの西宮冬華《にしみやふゆか》さんだ。

漆《うるし》のように綺麗な黒い髪を耳にかける冬華さんは、誰もが振り返るほどの美人で有名だ。

「駿河《するが》くん、ここ苦手だって言ってたでしょう？　わたしが使ってる参考書なんだけど、すごくわかりやすいから、よかったら見てね」

「悪いな西宮。助かる」

「わたしこそ、いつも助けてもらってばっかり」

「理系とか？」

「も、もうっ。それを言わないでよ」

困った顔を赤らめて、流星くんと笑っている。

うぅ……。

それを対面から見ている私は相当なダメージをくらった。

でも、こんなに綺麗な人が三年も流星くんのそばにいるのだ。

私が相手にされないのは当然で、ふたりが付き合うのも時間の問題だって囁かれてるし……。

そんなことを考えていたせいか、教科書の内容は頭に入っていかなかった。

「柊ちゃん、どーしたの？　わかんないとこあるー？」

北斗先輩は私のことを〝柊ちゃん〟と呼ぶ。

「わかんないことだらけです……」

流星くんの好きな女の子のタイプとか……なんて言ったら、今度こそ部屋から追い出されてしまいそうだ。

「んじゃ、俺が教えてあげるよ。柊ちゃんは可愛いから、特別になんでも聞いていいよー？」

「ひぁっ……⁉」

隣に座ってきた北斗先輩がズイッと顔を寄せてくるから、大げさなくらい反応してしまった。

だけど、ペシッ……と、流星くんが北斗先輩の頭を軽く叩いた。

「……北斗。お前近すぎだから」

「そ？　別にキスしようとしてるわけじゃないし、いいでしょ？」

キス……⁉と、その単語に動揺する私に「はい可愛い」とからかってケラケラ笑っている。

「真面目にやんない奴は追い出すとか、どの口が言ったんだよ」

「はいはーい。んじゃ、柊ちゃん？　勉強以外のことは流星がいない時に、ね？」

すると、正面に座っている流星くんの眉間《みけん》にシワが寄った。

「ダメ。そんなの俺が許すと思ってんの？」

本当に少しだけ、流星くんは不機嫌そうな気がする……。

「へぇ。流星さんってヤキモチとか妬《や》くんすね」

突然の太陽の思いがけない発言に誰もが目を丸くした。

「なにそれ。今俺が北斗相手にヤキモチ妬いたって思われたの？　だったら太陽の勘違いだろ」

「あれ、違うんすか？」

「俺、意外と独占欲強いから。だから、妬いたらこんなもんじゃすまないんだけどね？」

余裕をたっぷり含んで、フッと笑みを零した。

見ているだけでドキドキしちゃって、ぜひ妬かれたい……なんて思ったり。

でも今は、期末試験に向けて集中しなきゃ！

再び勉強しようとするも、だんだん瞼《まぶた》が重くなってくる。

「雫？　眠《ねむ》い？」

膝《ひざ》を抱えてベッドに背中を預けていると、視界に影《かげ》ができた。

「ん……流星くん。昨日ね、これでも遅くまで勉強してて……」

「雫が？　そんな慣れないこと無理にすんなよ」

ポンッと頭に乗せられた流星くんの大きな手は温かくて安心する。

でもこれも、妹扱いなのかな……。

「隣の部屋で少し昼寝してていいから」

「でも……せっかく勉強会に誘ってもらったのに」

「いいから。早くおいで」

流星くんの後をついて行き、和室へと向かった。

「暖房つけとくから。あとこれ被《かぶ》っときな？」

流星くんの部屋にあった毛布だ。

「起きたらこっちに顔出して？」

「ありがとう……」

「ん。おやすみ」

ひとり静かな部屋で丸まっていると、隣からは時折話し声が聞こえてきた。

流星くんの匂《にお》いに包まれて、幸せかも。

次第に意識は遠のいていって、私は眠りについた。

どれくらい寝ていたのかな……？

ふと、扉《とびら》が開いたような音が聞こえて意識を取り戻す。

だけど、まだ瞼は重いし眠気もひかない私は、そのままジッと目を閉じていた。

あれ……？　誰かここにいるよね……？

人の気配を感じるけれど、声はかけてこない。

足音が静かに近づいてきて、私の前でしゃがんだような気がする。

うん、やっぱり誰かいる。

流星くん……？　それとも、太陽……？

起こしに来てくれたのかな？

もう起きてしまおうか、と思ったその時……。

「――っ」

唇に柔らかい感触が降ってきた。

微《かす》かに吐息《といき》が触れて、私は少しも動けなくなる。

静かに離された唇に、鼓動はドキンッと反応していた。

すぐに私のそばから立ち上がったであろう誰かの足音は、徐々《じょじょ》に遠くなって、扉の閉まる音とともにこの部屋から出ていった。

数秒ほど、私の思考は停止していたと思う。

勢いよく身体を起こして、今の状況を振り返る。

ちょっと待って……今のなに……？

咄嗟《とっさ》に唇を指でなぞり、触れた感触を思い返す。

私、まさか誰かにキスされたの……⁉

「はぁー⁉　誰かにキスされたですって⁉」

翌日、学校に着くなり、私は沙耶に思い切って相談した。

「声大きいってば、沙耶！」

「確認だけど、夢の話をしてるわけではないんだよね？」

「……違うよっ！　確かに唇が触れたんだもん……柔らかかったことも、ハッキリ覚えてるんだよ⁉」

「……そ、それはなかなかリアルねぇ」

若干引き気味な様子の沙耶だったけど、ホントにそうなんだもん。

「でも、駿河先輩の部屋にいた人物なんて決まってるじゃない？　要は、三人のうちの誰かってことでしょ？」

沙耶が冷静に分析《ぶんせき》する。

「それが問題なんだってば……っ」

「どうしてよ？　ひとりひとりに聞いて回れば、すぐにわかりそうなものだけど」

単刀直入に、「私にキスしましたか？」って聞けるわけがない。

「あ。重要参考人のひとりが登校してきたわよ」

「えっ⁉」

まだ寝ぼけ眼の太陽が教室に入ってきた。

沙耶が変なことを言うから、なんだか急にそわそわしてくる。

「遅かれ早かれキスをしてきた相手の正体がわかるんだから、こういうことは早い方がいいに決まってるでしょう？」

沙耶が手を挙げて、太陽を呼び寄せた。

なんでもハッキリと主張する沙耶のことだから、太陽にもどストレートに聞いたりしそう……。

「ねぇ太陽。駿河先輩の部屋で勉強会した時、雫が寝てる和室に出入りとかした？」

直球すぎ……！と思ったけど、沙耶は昔から変化球とか投げられない性格なのだ。

「は？　和室？」

「そう！　雫が寝てたっていう和室よ！」

「ああー、そういやお前、丸まって寝てたけど寒かったろ？」

「なっ⁉」

太陽、その発言をするってことは……。

「和室に入ったことを認めるのね？」

沙耶はまるで刑事《けいじ》のようだった。

「入ったけど？　雫が全然起きて来ねぇから様子見に行った」

その答えに、ドキリと心臓が大きな音をたてる。

ふむふむ、と沙耶が顎《あご》に手を添えて考えている。

「流星くんは、その……部屋にいたんだよね……？」

「ああー、冬華さんだっけ、あの美人。あの人に付きっ切りって感じだったぞ？　理系は弱いんだってさ」

頭の中にふたりの親しげな姿が浮かんでくる。

同時に、ほんの少し抱いた淡い期待はすぐに打ち砕《くだ》かれた。

流星くんが私にキスをしてきたなんて、そんな都合の良い夢みたいなこと起きるわけないよね。

ってことは、本当にふたりのどちらかが……？

「太陽は重要参考人に変わりないってことね」

「はぁ？　なんだよそれ。なんかあったのか？」

「な、なんでもない」

「そうよ！　これはとてもデリケートな問題なんだからね！」

と、言いつつ誰よりも声がデカいんですけど……。

「重要参考人とか変な呼び方してきたのはそっちだろ。それに、聞きたいことなら俺だってある」

「な、なに？」

「お前、あん時……俺の手引っ張ってきたんだよ。そのこと覚えてんのかなって」

太陽が顔を赤くして告げると、フイッとそっぽを向いた。

「私が太陽の手を？　ホントに間違いないの……⁉」

「その反応じゃ覚えてねぇんだな」

寝ていたからそんな記憶はまるでない……。

「まさか、そこで雫になにかしたんじゃないでしょうね⁉」

ジロリと太陽に目をやると、沙耶はすかさず追及した。

「……言いたくねぇ」

えっ、太陽……？

「あっ！　コラー！　逃げるなぁ！」

ごまかして廊下へと逃げていく太陽に、「あれは犯人説濃厚《のうこう》よ！」と沙耶が怪《あや》しんでいた。

太陽が……？

まさか……そんなことあるわけないよね？

授業中も含め一日中キスをしてきた相手のことばかり考えて、あっという間に放課後を迎えた。

「あれー？　柊ちゃんじゃん」

正門へと歩いている私を呼ぶ声にビクリと肩が跳ねた。

「北斗先輩……っ、部活帰りですか？」

ふたり目の重要参考人……ではなく、望遠鏡を担いだ北斗先輩がこっちまで歩いてきた。

「そーそー。これでも一応天文部の部長だからねぇ。それに、冬は星がすごく綺麗に見えるし」

いつもふわふわしてる北斗先輩だけど、部活には熱心だって流星くんも言っていた。

大好きなことに夢中になれるってとても素敵なことだなって思う。

「そういや、アイツん家の和室寒かったでしょ？　だから柊ちゃんが風邪《かぜ》引いたりしてないか心配したんだよねぇ」

「流星くんが毛布をくれたので大丈夫でした……って、北斗先輩も和室に来たんですか……？」

「……ああ～、まぁ、ちょっとね？」

そんなふうに北斗先輩に苦笑いされると、なにかあったのかなって思っちゃう……。

「ちょっとって……なんだか……気になります！」

「俺も気になるよ？　なんたって、俺にとってはなかなか貴重な一日だったし？」

「え……？」

「気になっちゃう？」

「……はい！　ものすごく！」

「ホントそういう反応可愛いねぇ。流星も見てないし、このまま部室に連れ込んじゃおうかな」

「か、からかわないでください！　私は真剣なんです……っ」

「へぇ？　逆になんでそんなに気になっちゃうの？　和室で誰かになんかされた……とか？」

得意気な様子で私の胸の内を言い当てた。

誰かにキスされたなんて、重要参考人のひとりである北斗先輩を前に言えるわけがないよ……。

「じゃあ、柊ちゃんにひとつだけ教えてあげる」

不意に言われて、ハッと我に返ったかのように顔を上げた。

「あの時、俺、和室に向かったんだよね。柊ちゃんの寝顔見たくて」

「えぇ……っ⁉」

「盗撮《とうさつ》してアイツに見せてやろうって思ってたってわけ」

「……北斗先輩、それは犯罪です」

「安心して？　残念ながら写真は撮《と》れなかったからさ」

どうやら盗撮は失敗に終わったようで、ホッと胸を撫で下ろした。

「だって、柊ちゃんの寝顔よりも貴重な出来事が起きちゃってそれどころじゃなかったんだよね」

私は首を傾げて、しばし考える。

「あの……もしかしてですが、その時、私と北斗先輩の間になにかあったってことですか……⁉」

北斗先輩は一瞬驚いたように目を丸くしたけれど、すぐにまた楽しげに笑った。

「まっ、あの時、柊ちゃんになにもなかったとは言わないけどね？」

つまり……確実になにかあったってことだよね？

それ以上、なにも言えずに固まる私を残し、北斗先輩はヒラヒラと手を振ると去っていった。

結局、モヤモヤした気持ちを抱えたまま期末試験が終わった。

お昼休み、私達はいつも通り食堂に来ていたのだけど、あまり食欲が湧かない。

北斗先輩の意味深な発言は謎のままだし、太陽は何事もなかったみたいに普通に接してくるし。

さらに、新たな問題が発生して、私の心はどんよりと曇《くも》っていた。

「なぁ、雫の奴大丈夫かよ……？　ずっとあんな調子だぜ？」

「それが、さっき食堂に来る前に噂《うわさ》を聞いちゃってさ」

「噂？」

実はつい先ほど、嫌な噂を耳がキャッチしてしまった。

流星くんに告白した女子がいたんだけど、『好きな子いるから』と振られたらしいというもの。

しかも『好きな子って、西宮さんのことだよね』って女子が話してたんだ……。

それからずっとため息をつくたびに胸が痛いのだ。

「……へぇ。それでへこんでんのか、雫」

私がうなだれていると、沙耶と話していた太陽が、心配そうに私の顔を覗き込んできた。

「食欲ねぇならこれ飲むか？　俺のだけど、お前にやる」

「えっ！　太陽の飲みかけ⁉」

つい正面に座る太陽の唇に目がいっちゃって、素直にココアを受け取れない……。

そんな私を不審《ふしん》に思った太陽は、目を細くした。

「もしかしてお前、間接キスとか気にしてんの？　俺は全然気にしてないけどな」

「わ、私だって……これっぽっちも気にしてなんかないよ⁉」

「ほーん。じゃあ飲めば？　なに照れてんだよ」

「照れてない！　もちろん！　ぜ……ぜひとも……頂きますよ！」

まったく、勢いとは恐《おそ》ろしいものだ……。

ムキになってこんなことを言った手前、今さら引けない。

太陽から紙パックのココアを受け取る寸前だった。

「さすがにそれはダメ」

すっ、と目の前でココアが奪われた。

驚いた私と太陽がそのココアの行方をたどっていくと、

「は？　流星さん？」

私のすぐうしろには流星くんが立っていて、その手には太陽のココアがある。

「俺が飲みたいからちょうだい？」

「いい?」と、流星くんは少しかがんで、私の目線に合わせるとクスッと笑った。

こんな甘い笑みを見せられたら、私はなんだってイエスで答えてしまう……。

「だったら自分で買えばいーじゃないですか。大人げないっすよ」

太陽から反感を買っても、フッと口角を上げて余裕《よゆう》の笑みを零していた。

「雫。今日一緒に帰れる?」

「えっ? 流星くんと……?」

「そう。話したいこともあるから」

「か、帰れる!!」

突然のお誘いに、イエス以外の返事などない!

「じゃあ正門前で待ってて?」

ぶんぶん首を縦に振って、喜びを噛みしめた。

ふたりで一緒に帰れるなんていつぶりだろう。

しかも、流星くんは話したいことがあるって言うし……。

考えているだけで胸がドキドキする。

「……つぅか、ヤキモチ妬かないって言ったのは流星さんじゃなかったの?」

「全然妬いてないよ？」

「……嘘つけ。めちゃくちゃ顔に出てますけど」

「太陽、お前生意気だな」

「いてっ。鼻つまむなっての……っ」

ふたりがぶつぶつやり取りしていたみたいだけど、天にも召《め》されるくらい嬉しくて、周りの声は耳に届いていなかった。

待ちに待った放課後、白い息が大気中に溶《と》けていく。

ついでに体温上昇中の私も溶けてしまいそう……なんて言ったら、沙耶にまた「重《じゅう》篤《とく》」とか言われるかも。

「悪い。ちょっと遅くなった」

微かに息を切らした流星くんが私の元へやってきた。

「ううん！　全然待ってないよ！」

「本当に？」

確かめるように顔を傾けると、流星くんはそっと私の手を絡《から》め取った。

「へっ……⁉」

「手冷た。ごめん、やっぱり待たせたな」

目尻をふっと下げて呟くと、そのまま私の手を引いて歩き出した。

これ、夢なんかじゃないよね？

だって、流星くんが人目も気にせず私の手を繋いでる……。

子供の頃の癖《くせ》でってやつなのかもしれないけれど、それでも流星くんとの帰り道はひたすら幸せで。

「あっ。流星くん、私に話があるって言ってなかった？」

「そのことなんだけど。雫、この前北斗になんか言われた？」

唐突に出てきた北斗先輩の名前に心臓が飛び出しそうになる。

「な、なんで……？」

「今朝、ニヤニヤしながら俺に雫のこと話してきたから」

ああ、その顔が目に浮かぶ……。

キスをされたことを流星くんに知られたんじゃないかって思って、私は狼狽《うろた》えた。

でもあの時、キスされたってことは北斗先輩には言っていないし、沙耶だけしか知らない。

北斗先輩自身はなにか気づいていた様子だったけど……。

「えと……北斗先輩、私のことなにか言ってた？」

「なんかって？」

「なんでもだよ……っ。私のこと」

「からかい甲斐《がい》があるって笑ってたよ？」

流星くんがイタズラな瞳で私を見る。

「もうっ。でも、それはいつものことで……ほ、他には？」

思い出すような素振りを見せる流星くんの答えを待った。

「……可愛いって。お前のこと」

ボソッと言った流星くんは、なぜか視線を逸らした。

「あの人、いつも私の反応を楽しんでるって感じだもんね⁉」

「……てか、北斗となんかあったの？」

「なにも……ないよ？」

「ふーん」

直球な質問に、今度は私が目を逸らしたけど、流星くんが見逃すはずがない。

「わっ……!?」

突然、俯《うつむ》きがちだった私の顔を下から覗き込んだ。

「ごまかしてるだろ？」

流星くんの整った顔が視界いっぱいに飛び込んでくる。

「なっ……なに言って……」

あまりの距離の近さに、私の心臓は緊急事態を知らせてくる。

「雫の顔見て、俺がわからないとでも思った？」

まるで見透かしたように顔を寄せた流星くんは、不敵な笑みを浮かべた。

「……まだ、内緒っ！」

「なにそれ。俺にも言えないこと？」

「とっ、とにかく、まだ言えないの……っ。北斗先輩も、私のことは特になにも言ってなかったみたいだし……」

これ以上、こんな近距離で追及されたら、本当に言い逃れできなくなる……。

「さっきから北斗のことばっかり話すなよ」

そっと私から離れた流星くんの声は、不機嫌そうに聞こえた。

せっかく一緒に帰ろうって誘ってくれたのに、私ってば、自分の心配ばかりして。

「お前が今一緒にいんのは俺でしょ?」

「うん……ごめんなさい……」

本当は流星くんにはなんだって話したい。

北斗先輩のことを話してきたのも、心配してくれていたからなのかもしれない。

けれど、ふたりのどちらかにキスされたなんて、言えないよ……。

「北斗となにがあったか知らないけど、頼むからそんな泣きそうな顔すんなよ」

私の目線に合わせるようにかがんだ流星くんは、ポンッと優しく頭を撫でた。

「……心配でほっとけないだろ」

そっと私の頬に手を添えて、切なげな眼差しを向けてくる。

ドキドキして、その意味を知りたくて、また少し期待してしまう。

「ひゃっ……」

「こっちの顔の方が、雫らしくて俺は好き」

ぷにっと流星くんに頬をつままれて、耳まで熱くなる……。

「好き」って、それは妹的な存在としてなのか、ただの幼なじみとしてなのか。

それが特別な意味だったらいいのに。

そんな想いが、自分の中で大きくなっていくのを感じた。


数日後の夜、幼なじみっていう関係に変化が訪れようとしていた。

「えーっ！　私が流星くんの家にお泊まり……⁉」

「おばあちゃんがギックリ腰になってしまったからね」

「それは大変……っ、おばあちゃんは大丈夫なの……？」

浮かれてる場合じゃない！

「大丈夫じゃないからお母さんが行くことになったのよ。おばさんに事情を話して、今日だけ雫を泊めて頂けることになったから、支度しなさい」

あいにく、お父さんは出張でいないから、ひとりにするのは心配らしい。

流星くんの家にお泊まりだなんて。

嬉しすぎて母の前だというのに喜びの舞を披露《ひろう》しそうになった。

「明日の夜にはお父さんが出張先から帰れるみたいだからよかったわ。ご挨拶はしっかりね？」

おばあちゃんが早く良くなりますようにって祈《いの》りながら、急いで支度をすませると、流星くんの家へと向かった。

そして、笑顔で出迎えてくれたおばさんに挨拶をして、流星くんの部屋に来たんだけれど……。

「へぇ。数学がわりとよかったなんて珍しいんじゃない？」

「う、うん。流星くんが教えてくれたおかげだよ……」

私は今、ものすごくドキドキしてる。

「そのセリフ俺に言ってんだよね？」

「……もちろん！」

流星くんのおかげでテストの点がよかったんだもん。

「ふーん。じゃあなんでこっち見ないの？　さっきからずっとコイツのことしか見てないよね？」

その通り、私の膝にベタッと寝そべるモップに視線を落としたまま顔を上げられないでいる。

だって、私がここに来た時、流星くんはちょうどお風呂から上がったばかりだった。

流星くんはベッドに座る私の隣に腰をおろした。

鼻をくすぐるシャンプーの爽《さわ》やかな香りに、心臓が早鐘《はやがね》を打ち付ける。

濡れた髪が妙《みょう》に色っぽくて、目のやり場に困るよ……。

その時、流星くんの大きな手が伸びてきて、モップではなく私の頭を優しく撫でた。

「えっと……モップは膝の上だよ……？」

「ん？　知ってる。テスト頑張ったろ？」

だから褒めてんの、と流星くんが淡く微笑んだ。

こういう優しい笑顔、大好きだな……ってしみじみ思う。

それから流星くんといつものように他愛ないお喋《しゃべ》りをして、そろそろ寝ようという
ことになった。

「電気消すぞ？」

「えっ……!?　ちょっと待って流星くん!?　おばさんが和室使ってって言ってて……」

「あ。悪い。今までの癖で」

小さい頃はよくお互いの家でお泊まりをし合っていた。

同じ布団で寝ていたけど、それは小学生くらいまでの話で……。

「和室は寒いし、暖まるまで時間かかるからここで寝れば？」

「ここって、流星くんはいいの……？　同じベッドで寝ることになるんだよ……？」

「なに緊張してんの？　何回も一緒に寝てるだろ？」

私と違って余裕たっぷりな表情をしてみせた。

「でも……いびきかいたらどうしよう……！」

「子供の時から聞いてるから今更《いまさら》だろ」

「えぇー!?　そんなぁ！」

豪快《ごうかい》ないびきなんてかいたら百年の恋も冷めるって前にお母さんが言っていた。

「早く布団かぶって？」

軽くショックをうけている間に、流星くんはとっくに布団の中へと入っていた。

電気が消えて目を閉じてみても、ドキドキしすぎて眠れるわけもない。

私はあの日のことを思い返して、はぁっとため息を零した。

「どうした？」

「流星くん……まだ起きてたんだね……」

「お前こそ。いつも寝付きいいのに」

「ん……。考えごとしちゃって」

「やっぱりなんかあったんだろ？」

流星くんにはお見通しで、うん、と小さく返事をする。

「言ったろ？　困ったことがあるなら俺を頼ってって。その方が俺も安心する」

流星くんの綺麗な指先が、私の髪をすくうように絡め取る。

「実は、勉強会の時に……」

意を決して、あの時起きた出来事を話し出した。

「それからずっと考えてて……北斗先輩はなにか知ってるような感じで……」

静かに耳を傾けてくれていた流星くんの視線が、暗闇《くらやみ》の中で私に注がれている。

「……それ、雫はどう思ったわけ？」

「……ん。どうして私にキスをしたんだろうって。私は、好きな人じゃなかったら嫌だなって思った。やっぱり、好きな人がいいから」

正直な気持ちを素直に打ち明けた。

「……勝手だけど、そいつはお前のことが好きだからキスしたんだろ」

真剣味を帯びた流星くんの声に私は息をのんだ。

「俺も、好きな子相手に我慢できないし？」

「我慢……？」

シーツが擦《こす》れる音が静寂《せいじゃく》な空間に響いて、流星くんが動いた気配がする。

「そう。こんなふうに？」

流星くんの腕が私の頭のうしろに回って、髪の隙間に指を通してくしゅくしゅと音を立てる。

「ま……待って、流星く……」

流星くんの呼吸が近くて、唇が触れてしまうんじゃないかって思った直後。

「キス、されると思った？」

フッと息を吐くように、艶っぽく囁いた。

全身が心臓になったみたいにドキドキが止まらなくて、今にも弾《はじ》けてしまいそうになる。

もし、流星くんの好きな子が私だったら……。

「が、我慢……しなくていいのに……」

無意識に本音が零れた瞬間、流星くんが微かに驚いた気がした。

「……お前、ズルいって」

「だって、私……相手が流星くんだったら、嫌じゃないよ……」

「……バカ。そういうことは好きな男に言うもんだろ」

布団の中で私に背中を向ける流星くんを、ただただ見つめていた。

こんなふうに意識しているのは私だけなんだろう。

それでも私は流星くんが好きで好きで、特別で、ずっと流星くんしか見ていない。

だけど、流星くんには好きな人がいる……。

それは、私じゃない。


ドキドキの一夜が明けて、今日から十二月。

このままキスをしてきた人の正体もわからないまま冬休みになっちゃうのかな。

その前に、私の誕生日がやってくるけど。

そんなことを考えながら下駄箱《げたばこ》まで着くと、心が凍るような話が舞い込んできた。

「ホントに⁉ あのクールな駿河先輩が⁉」

「そう！　しっかりこの耳で聞いたの！　駿河先輩が、冬華先輩に可愛いって言ってるのを！」

流星くんが、冬華さんのことを……？

たちまち胸が軋《きし》んで、ズキズキと痛みを持つ。

それ以上聞いていられず、私はその場から走り出した。

「どうしたのよ？　この世の終わりみたいな顔しちゃって」

教室に着くなり、沙耶がすぐさま私の異変に気づいた。

「沙耶ぁぁ……」

「すっごい顔してるわね……駿河先輩の家に泊まったんじゃなかったの？　てっきり小躍りしながら学校に来ると思ってたのに」

「今はスキップすらできる気分じゃないよ……」

じゃあ何事かと怪訝な顔をした沙耶に、今聞いた話をそのまま説明した。

「ふぅん。なるほどねぇ。でも、それを自分から駿河先輩に確かめたわけじゃないでしょう？」

「うん。それに、そんな勇気もない……」

それが事実だって流星くんの口から聞いて失恋する覚悟《かくご》もない。

「でもさ、一度でも雫は、自分の気持ちを伝えようってした？」

「え？　し、してない……」

「そりゃしなくても、雫からは駿河先輩のことが好きって気持ちが滲《にじ》み出てるけど。でもさ、ちゃんとそれを言葉にして伝えないと、幼なじみって壁は越《こ》えられないままなんじゃないの？」

いつになく真剣な口調で沙耶は私に言った。

沙耶の言う通りだ。

好きだ好きだって言っておきながら、一度も言葉にして伝えたことなんてなかった。

幼なじみとしての関係が壊れるのも、流星くんのそばにいられなくなるのも、全部怖かったから。

「臆病《おくびょう》になってばかりじゃ、なにも変わらないよね」

「そうよ？　まずは素直な気持ちを伝える！　それでダメならその時泣くなりやけ食いするなり、わたしも付き合うからさ」

いつもいい意味で遠慮《えんりょ》がなくて、ストレートに意見してくれる。

「ありがとう沙耶」

「それに、時効までもうすぐよ！」

「へっ？　時効？」

「キスをした犯人よ！　未だ決定的な証拠《しょうこ》があがらないわけだし、これは迷宮入りも覚悟した方がいいわねぇ」

あんたは刑事か……と突っ込みを入れたくなるがやめておこう。

謎は残ったままだけど、今は沙耶のおかげで、気持ちを伝える決心がついた。

「あ、ほら。噂をすればってやつじゃないの？」

振り返れば、いつだって会いたいその人が視界に飛び込んできた。

「流星くんっ⁉　どうしたの……？」

一年生のクラスがある階に来るなんて珍しいからか、周囲から黄色い声が飛び交っている。

「これ、俺の部屋に忘れてったろ」

「あっ！」

差し出されたのは、私がいつも身につけているヘアピンだ。

私ってば、一番大事なものを忘れるなんて。

全然寝付けなくて、朝はなかなか起きれなかったから、急いで支度をしたせいかもしれない。

「寝坊したから焦ってたの？　そういうとこも相変わらずだな」

「……うぅっ。でもわざわざありがとう。メッセージくれたら、放課後私から取りに行ったのに」

こうして教室まで来てくれたことは、とてつもなく嬉しいけど。

「それは俺が困んの」

「えっ？　困る……？」

「雫、今日は部屋に来ちゃダメだから」

突然の出入り禁止通告に、ヘアピンを握りしめたまま置物のように固まっていた。

ほぼ毎日って言っていいくらい、流星くんの部屋には出入りしてきたけど、こんなふうにダメだなんて釘《くぎ》をさされたことはないと思う。

家庭訪問の時くらいじゃない？

「柊ちゃーん！」

「あれ？　北斗先輩、どうしたんですか？」

放課後、私の姿を見つけた北斗先輩が息を切らして走ってくる。

北斗先輩の様子がなんだか焦っている感じがした。

「ごめんな、呼び止めて。冬華のこと見てないかな？」

「い、いぇ……見てませんけど」

「マジ？　じゃあもう帰った後だったか」

あー、とおでこに手を当てて、ほんの少し声を沈ませた。

「冬華さんに、なにかあったんですか……？」

「俺の思い過ごしならいいんだけど、ここのところ空元気って感じで。委員会の仕事も忘れてたり。冬華に限って今までそんなことなかったんだよな。だから、今日は冬華と話したくてさ」

部活前に冬華さんのことを探していたのか、冬だというのに額にはうっすら汗が滲んでいた。

ひょっとして、流星くんと関係があるとか……？

「ありがとな。家帰ったら連絡してみるわ。俺も部活行かねぇとマズいし」

「あれ？　今日は望遠鏡持ってないんですね？」

「あー、アレね。まあ……ちょっとねぇー」

含みのある言い方に聞こえてしまったのは気のせいかな？

「気をつけて帰んなよ？　柊ちゃん可愛いんだからさ」

「あ、あの……っ!!」

身をひるがえした北斗先輩を咄嗟に引き留めてしまった。

やっぱりあの日のこと、自分でちゃんと聞きたいから。

「……少しだけ、いいですか？」

「んー？　告白とか？　流星の耳に入ったらぶちのめされるって」

「ち、違います！　勉強会の日のことです！　私の寝顔よりも貴重な出来事が起きちゃったって言ってましたけど……なにがあったのか知りたいんです……っ」

思い切ってその意味を尋ねると、北斗先輩はケロッと答えた。

「なにもないよー？」

「えーっ!? なにもないって、そんな……」

予想をはるかに越えた答えが返ってきたかと思ったら、

「俺とは、ね？」

「俺とは……？　でも……っ、この前はなかなか貴重な一日だったって言ってたじゃないですか……」

それなのになにもないわけがない。

「ああ、それはね？　いつもクールだとか言われてるアイツのあんな顔は初めて見たから、貴重だなって思ったんだ」

今度はそれを思い出したように笑っている。

「流星くんの貴重な顔って……あの日、いったいなにがあってそうなったんですか？」

「そんなに気になるなら自分で確かめてごらん？　ただ待ってるだけじゃ、本当のことはわからないと思うよ」

またまた謎めいた発言を残して、校舎へと引き返していった。

北斗先輩は重要参考人ではなかった。

ということは、やっぱり太陽なの……？

帰路につきながら私は考えていた。

流星くんにも、北斗先輩と話したことを伝えて、なにがあったのって聞いてみようかな……？

でも、今日は部屋には来ちゃダメだって言われてしまったし。

考えていると、流星くんの家のそばまで差しかかった。

「本当にごめんね？　でも、ありがとう駿河くん」

その時、落ち着きのある優しい声が聞こえてきた。

「今度は忘れもんしないようにな？」

「ふふっ。その時はまた駿河くんに探してもらおうかな？」

漆のように綺麗な髪が揺れる。

流星くんの家から出てきたのは、冬華さんだった。

「てか、西宮の物があること全然気づかなかった。ごめんな？」

親しげなふたりの姿に、咄嗟に電柱の影に身を潜《ひそ》めた。

私が隠れることなんてないのに、どうしても親密そうなふたりを見ていられなかったから。

早く家の中に入ってしまいたいのに、少しも動けずにいると、足音が近づいてきた。

「あら？　雫ちゃん？」

背後から優しい声で呼びかけられて、勢いよく振り返った。

「冬華さん……」

「もしかして、今の見られちゃったかな？」

「はい。ここ、帰り道なので、偶然……」

歯切れ悪く私が答えると、冬華さんが頬に流れる黒い髪を押さえながら目を上げた。

「駿河くんとはお隣さんだもんね。雫ちゃんに見られてたなんて、ちょっと恥ずかしいなぁ……」

ほんのりと顔を赤く染めて、照れたように笑った。

「雫ちゃんにはお見通しかもしれないけど、わたしね、前から駿河くんのことが好きなの」

意思のこもったその声が、私の胸を貫《つらぬ》いた。

同時に、今日は部屋に来ちゃダメだって言われた理由が、今更わかってしまった。

「それで、わたし──」

喉《のど》の奥が苦しくなって、これ以上綺麗な瞳で私を見つめる冬華さんを見ていたら、涙が溢れてしまいそうだった。

「あっ、待って。雫ちゃん！」

その場を逃げるように駆け出した私の背中に、冬華さんの慌てた声が追いかけてきたけれど、家の中へと飛び込んだ。

「……っ」

玄関のドアに背中を押しつけて、私はその場で崩れ落ちるように膝をついた。

ポツリ、と涙が流れていく。

誰が見てもふたりはお似合いだと思う。

三年もこれだけ綺麗で可憐《かれん》な人がそばにいたら、惹かれるのはとても自然なことで。

冬華さんがキラキラ眩しくて素敵なのは、容姿だけじゃない。

その気持ちを正直に言葉にできる人……。

私みたいに迷ったり、幼なじみって関係が壊れてしまうんじゃないかって躊躇《ためら》ったりしない。

流星くんが好きになるのなんて当たり前じゃない、と言い聞かせても、涙は止まることなく溢れてきた。

もう、この気持ちを封印しなきゃいけないのだと思っても、脳裏に浮かんでくるのは、いつだって大好きな人の笑顔だった。

次の日の朝、泣き腫《は》らしたせいか、起きた時の顔のコンディションは最悪だった。

洗面所の前で鉢合《はちあ》わせたお母さんでさえ『ぎゃあぁっ!!』と我が子に悲鳴をあげるほどだ。

玄関を開けて外に出ると、冬の冷たい風が吹きつける。

「今日は寝坊しなかったの？」

ああ、どうしてこういう時に限って一番会いたくない人に会っちゃうんだろう……。

ううん、ホントは誰よりも会いたい人なのに、今はどんな顔をすればいいのかわからない。

「あれ、目腫れてる？」

目の前まで歩いてきた流星くんが、すっと私の目元を撫でる。

「ちょっと、目が痒《かゆ》くてこすっちゃっただけ……」

「本当に？　なんかあったら俺に言いなよ？　心配でたまんないから」

またそうやって、優しい言葉をくれる。

もう諦《あきら》めなきゃって思っても、全然できそうにない。

学校へ続く道を歩きながら流星くんの横顔を見上げると、不意に足を止めて、私の髪に触れた。

「いつもつけてるアレ、今日はつけてないの？」

「あ……うん。忘れちゃって」

本当は机の引き出しに閉まってきたのだ。

想いと一緒に、もう、諦めようって……。

「残念。すげぇ似合ってて可愛いのに」

今まではまだつけてるのって言ってきたくせに、こんな時ばかり嬉しくなる言葉を言ってくるなんて、どこまでもズルい……。

「あのね、私……もう流星くんの部屋には行かないと思う！」

「は？　なに、いきなり」

「もう、決めたことなの……っ。お母さんにも勉強しなさいって怒られちゃうし、それに……っ」

「それに？」

流星くんは言葉に詰まった私の顔を下から覗き込んだ。

「じゃあ、お前に会いたい時は俺が行けばいい？」

今までと変わらない穏やかな笑みに、鼓動は素直に反応する。

「だ、ダメ……！」

「ダメ？　その割に顔真っ赤だよ？」

「……そんなことないもんっ」

本音を言い当てられた私は、逃げるように学校まで全力で走った。

教室に入って私は無言で席に座りカバンを降ろす。

「雫？」

肩を叩かれて振り向くと、「うわ」と非常に失礼なリアクションをした太陽が立っていた。

「なによぉ……そんな顔しないでよ。女子の顔見てその反応はかなり失礼だからね！」

「なにがあったんだよ。ひっでぇぞ、その顔と髪は」

「それ、この前も沙耶に言われたよ……」

今日は走ったせいで髪もボサボサだ。

「流星さんとなんかあった？　お前がそんな顔するほどのことって、流星さん絡みだろーしな」

鋭《するど》い発言に、なにひとつ否定できなかった。

「……太陽。私、失恋《しつれん》したかも」

「は？　告ったってこと？」

「ううん……でも、告白する前にわかっちゃったから」

胸の内を吐き出すと、太陽はふぅっと短い息を吐いて、私を廊下へと連れ出した。

「失恋って、相手は流星さんだろ？」

「えぇっ!?」

「俺がわからないわけないだろーが。好きなんだろ？」

図星なだけに私は口を開けたまま硬直《こうちょく》した。

「見りゃわかるって。お前のこと、ずっと見てきたんだから……」

「ずっと？」

「そ。俺、ずっとお前に惚《ほ》れてんの」

「なっ……なに、言ってるの……っ」

顔を赤くした太陽は、今まで見せたこともない表情で私に言った。

「お前は流星さんしか見えてないみてぇだし、だから伝えるつもりなんかなかったけど。でも、やっぱりちゃんと言わねぇと、相手に伝わんないだろ？」

「……太陽が、私を？　まだ信じらんない……」

「俺も。お前みたいな胸のない奴に惚れると思わなかった」

「も、もう……っ！　でも……気持ち、嬉しい。ありがとう太陽」

自分のことを女の子として見てくれて、生まれて初めて告白されたのに、こんな時でさえも私の頭の中は流星くんのことでいっぱいだ。

「そんなふうに言われたら、あん時のこと話しにくいな」

「あの時って、まさか勉強会の日のことじゃ……」

私が寝ぼけて太陽の手を引っ張ったって聞いたし……。

「そうだよ。白状すると、本当はあのままキスしたいって思ったんだけど」

「キス……って……。太陽が、私にキスしたの……？」

動揺する私を見て太陽がクスクス笑った。

「してねぇよ。お前あん時寝言まで言ってた。夢の中でも流星さんかよって思って、思いとどまったってわけ」

「だ、だからキスしてないってこと⁉」

「当たり前だろ？ 他の男の名前なんか呼ばれたらできねぇよ」

寝ても覚めても私は流星くんのことばかりなんだ……。

「お前さ、失恋とか言ってるけど、告白もしてないくせになに言ってんだよ」

「そうだよね……気持ち伝えるって、決めてたのに」

「お前も、好きな奴にはちゃんと気持ち伝えろよ。なっ？」

ポンッと私の肩を叩いた太陽の言葉に、背中を押された。

太陽でも北斗先輩でもないのなら、私の夢だったのかな。

誕生日当日の夕方、そんなことを考えながらひとりケーキ屋さんへ向かっていた。

あまりにも私が浮かない顔をしていたから『なーんでも好きなケーキを選んでおいで』とお母さんが言ってくれたからだ。

んー、どれにしようかな？

ケーキ屋さんに到着《とうちゃく》したのはいいけれど、全部美味しそうで目移りしちゃう。

「バースデーケーキならこれなんてどうかな？」

え……？

不意に舞い込んできた優しい声に、弾けたように顔を上げた。

「……ふっ、冬華さん⁉」

「通りかかったら雫ちゃんの姿が見えて、入ってきちゃった」

ふふっと笑った花咲くその笑顔に、胸がチクンッと痛んだ。

迷った挙げ句、冬華さんがオススメしてくれたショートケーキを買ってお店を出た。

「今日、誕生日なんだよね？」

「そうなんです……」

帰る方向が一緒だから、と並んで歩いているけれど、気まずい。

「じゃあ、もう駿河くんとは会ったのかな？」

「今日は、会ってません……日曜日ですし……」

「あら？　もしかして、彼からまだなにも聞いてない？」

なにもって、冬華さんと流星くんのこと……？

思わず足を止めて冬華さんを見上げた。

「あの……っ、私、もう諦めるって決めたんです」

突然の宣言に、冬華さんの綺麗な顔が固まっていた。

「私もずっと、流星くんが好きでした。すぐにはできないかもしれないけれど、ちゃんと告白して、ちゃんと振ってもらおうって思ってて……流星くんの言う通り、冬華さんは可愛くて、ふたりはお似合いだし……それに……」

必死に現実を受け止めようと精一杯気持ちを口にしたけど、目頭に熱が溜まって、冬華さんの顔が滲んでくる。

唖然としたまま私を見ていた冬華さんは、表情を和らげた。

「そうよ？　駿河くんに、可愛いって言われちゃったの」

わかっていたことだけれど、あまりの衝撃《しょうげき》にケーキの箱を落としてしまいそうになった。

「でも、それはわたしに対して言ったことじゃないんだけどね？」

「えっ？　で、でも冬華さんのことを可愛いって……私だってそう思ってるし、みんなも……っ」

「ごめんね？　今のは意地悪しちゃった。ふふっ。こういうところが可愛いのよね、きっと」

なにがなんだかわからない私に、冬華さんは静かに話し始めた。

「駿河くんの気持ちを探ろうとして、痛い目見たのは自分だった。わたしも駿河くんのことを三年間見てきたの。だから、その可愛いの意味とか、そう言った時の駿河くんの表情で、彼が見ているのはわたしじゃないってわかっちゃったの……」

眉尻を下げて儚く微笑むと、声を沈ませた。

「で、でも……この前、流星くんの家から出てきて……」

「あれは忘れ物を取りに行っただけよ？　本当は、勉強会の日にわざとリップを忘れたんだけど、そんなものあったか、なんて言われて。駿河くんってば覚えてもなかったのよ？　だから、自分から取りに行って、見つけただけ」

思い返せば、そんなような会話をしていたかも……。

「それにわたし、期末試験の後に告白して振られてるの」

「……えっ？　流星くんに？」

好きな子がいるって噂で聞いて、てっきり私も冬華さんのことだと思っていたのに。

「うん。それで北斗にも心配かけちゃったみたいで。でも、ちゃんと気持ちを伝えられて、わたしはよかったなって思ってる」

自分の恋が実ってほしいって気持ちはみんな同じで。

冬華さんも、一生懸命だったんだろう。

「雫ちゃんも頑張って。駿河くんは雫ちゃんと同じように、あなたのことしか考えてないから」

ちょっぴりまだ悔《くや》しいな、と冬華さんはやっぱり花が咲いたように笑ったのだった。

「あ。やっと帰ってきた」

ため息とともに吐き出されたその声に、急ぎ足で帰ってきた私は、目を見開いた。

「どこ行ってたの？　心配したんだけど」

これ、夢……？

だって、私の家の前で、壁に背中を預けた流星くんが立っているんだもん。

「……なんで流星くんがここに？　どうして……」

「言ったろ？　会いたい時は俺が会いに行くって」

表情を和らげて、私の髪をくしゃりと撫でる。

「帰ってきたとこ悪いけど、早速連れて行きたいところがあるんだよね。付き合ってくれる？」

突然のお誘いに、心拍数が一気に上昇した。

慌てて家の中へと入って、ケーキの箱をお母さんに渡すと「行ってらっしゃい」と笑顔で送り出してくれた。

行き先は秘密、と目を細くした流星くんの肩には、見覚えのある望遠鏡が担がれている。

この望遠鏡って、まさか……。

「へっ？　ここって……あの公園？」

胸を高鳴らせて踏み込んだその場所は、小学生の頃に流星くんと一緒に行った七夕祭りが開催されていた公園だった。

「懐かしいだろ？　あん時、お前迷子になりそうだったよな」

「も、もうっ。それは子供の頃の話でしょ……」

白い息を吐きながらイタズラに笑う流星くんに肩をすぼめた。

でも、嬉しい……。

そんな昔のことを、流星くんも覚えてくれているんだもん。

「この辺でいいかな」

芝生《しばふ》の上に肩から降ろした望遠鏡を立てて操作している。

「あのさ流星くん、さっきから気になってたんだけど、その望遠鏡って前から持ってたかな……？」

流星くんの部屋で見かけたことは一度もないんだけどな。

「これ？　先週北斗から借りた」

「や、やっぱり……っ。だから北斗先輩、持ってなかったんだ！」

「そうだよ。今日のために貸してもらったんだよ」

「今日って、私の誕生日、だから……？」

ニコリと笑みを浮かべて頷いた流星くんに、鼓動は波打った。

「俺が昔言ったこと覚えてる？　天の川が見える夏に生まれたかったって、お前がへこんでた時のこと」

「……うん。七夕祭りの夜、流星くんが私に教えてくれたから」

落ち込む私の頭を撫でながら、冬でも天の川は見えるって言ってくれた夜のこと。

「雫、ここから覗いてみな。この時期だと地平線に隠れて薄くしか見えないけど、今ならまだ天の川が見えるはずだから」

躊躇いがちに望遠鏡を覗き込むと、幻想的な世界が広がっていた。

とても繊細《せんさい》で、淡い光を放つ星々が綺麗に流れている。

「わぁ！　す、すごーい！　これが冬に見える天の川!?　こんなに綺麗だなんて知らなかった……っ」

「俺は夏よりも、冬の繊細な天の川の方が好きだけどね」

望遠鏡から目を離し、優しい声に導かれるように、夜空を見つめる流星くんに視線を送った。

「今日は雫の誕生日だろ。一年で一番特別な日だから、どうしてもここに連れてきたかった」

特別……と、その言葉が心に沁《し》みるように広がっていく。

たちまち目の奥が熱を持ち、天の川が滲んで見えてきた。

「……ありがとう。でも特別なんて、そんなこと言われたら、私……舞い上がっちゃうよ……？」

再び夜の空を見上げていた流星くんの瞳は、天の川からゆっくりとこちらへ降りてくる。

「ん。いいよ」

「え……、いいの⁉」

嬉しくて、飛び跳ねてしまいそうな勢いで私は流星くんに身体ごと向けた。

「そういう顔、ホント好き」

クスッと声をもらすと、私の目をまじまじと見つめていた。

ああ、どうしよう。

もう、溢れそうなこの想いを、伝えたくて仕方ない。

「……今までで一番幸せな誕生日だよ」

「大げさじゃない？　でも、お前が笑ってくれたなら俺も満足」

「大げさじゃないよ……？　だって誕生日の夜に、好きな人が星空の下に連れて来てくれたんだもん……」

私の口から自然と零れた想いに、流星くんは微かに目を大きくして、すぐに淡い笑みを口元に滲ませた。

するりと伸ばされた流星くんの右手が、私の頬を包み込んだ。

「あんまり可愛い顔されると、またキスしたくなるんだけど」

「え……？」

驚きに満ちて固まる私に、流星くんは距離を縮めた。

「流星くん……今、なんて……」

「北斗にも見られたし、もう白状するよ」

「見られたって、まさか……」

北斗先輩とこれまで交わした会話があれこれ頭の中で蘇った。

「あの時、お前にキスしたのは俺ってこと」

「……っ」

流星くんが、私に……？

これこそ夢なんじゃないかって思ってしまうのに、身体中の熱が一気に顔に集中していって、夢じゃないのだと実感する。

それは私だけじゃなくて、口元に手の甲《こう》を当てた流星くんも、まるで余裕がない感じで……。

「悪い。無防備で寝てるお前見てたら、可愛すぎて我慢できなかった……」

少しかがんで顔を寄せた流星くんは、絞り出すような声を落とした。

「じゃあ、もしかして……北斗先輩が見たって言ってた流星くんの貴重な顔って、そういうこと……？」

「モップを下に連れてった北斗に見られたから口止めしたんだけど、余計なこと言い過ぎだろ、アイツ……」

と、眉根を寄せて照れた表情を見せる流星くんに、胸が甘く締め付けられる。

「私……流星くんには好きな人がいるって聞いて、それは私じゃないって思って……幼なじみ以上にはなれないんだって……」

一度は封印しようとした想い。

「俺はずっと前からお前しか見えてないのに？」

「わ、私も、ずっとずっと前から、流星くんが好きだよ……っ」

「ふーん？　なのにお前は、いきなりもう部屋にいかないとか言い出したよね？」

わざと意地悪く笑って、私の顎をつまむと上に向かせた。

「だって……、冬華さんが部屋から出てくるの見ちゃって、てっきりふたりは両想いなんだって思っちゃったの……っ」

「それは北斗にこれ借りてたから。部屋にあんの見つかったら、ビックリさせらんないだろ？」

「じゃあ、冬華さんのことが好きだって思ったのも、全部私の勘違い……？」

すると、流星くんは私の頬を両手で押さえて、唇を寄せた。

「俺が好きなのはお前だけ。泊まりに来た時も、本気で我慢できないかもって思ったくらい」

「……っ。でも、いつも子供扱いされてる気がして」

「子供だとか思ったことないから」

その言葉に誘われるように顔を上げると、綺麗な目をした流星くんがまっすぐに私を見つめた。

その瞬間、そっと唇が重なって、瞬きさえも忘れてしまった。

「……流星く……っ」

静かに唇が離されて、吐息混じりに愛しい人の名前を呼んだ。

「次からは、目閉じてって俺が教えてあげるから」

「次って……そんなの、恥ずかしい……」

「ダメ。まだ全然足んない」

俺は欲張りだよ、と囁いて、チュッと頬にキスを落とした。

「誕生日おめでとう、雫」

そして、呼吸が触れそうな距離で、甘い笑みを零して囁いた。

「流星くん、大好き……っ」

「俺も。雫のことずっと独り占めしたいくらい好き」

甘いセリフに溺れそうになった私を、ギュッと強く抱きしめた。

「だから、この顔は俺以外に見せないでね?」

星が煌《きら》めく空の下、私達はもう一度、キスをした。

大ヒット！
＊あいら＊
Presents

「総長さま、溺愛中につき。」全4巻大ヒット発売中！

総長さま、溺愛中につき。①
～転校先は、最強男子だらけ～
定価590円＋税

地味子に変装している由姫の転校先は、お金持ちな超イケメン不良男子だらけ!?しかも、校内一の権力を持つクールな最強男子・蓮に惚れられて…。危険な学園生活がスタート♡

総長さま、溺愛中につき。SPECIAL
～最大級に愛されちゃってます～
定価610円＋税

本編では描かれなかった各人気キャラからの溺愛エピソードも盛りだくさん。大ヒット暴走族ラブの超スペシャルな甘々ストーリーを詰め込んだファン待望の1冊♡

ケータイ小説文庫 ピンクレーベル 溺愛♡がテーマの人気作品

溺愛したいのは、キミだけ。～甘々な一途男子とハッピーエンドの恋♡短編集～
青山そらら 著
定価610円＋税
タイプの違う3人のイケメンたちとの甘々で溺愛たっぷりの恋に、キュンキュン♡

S級イケメン王子に、甘々に溺愛されています。
言ノ葉リン 著
定価590円＋税
恋に鈍感なド庶民女子高生×完璧な溺愛系御曹司!身分違いの恋に胸キュン♡

王子系幼なじみと、溺愛婚約しました。
みゅーな** 著
定価590円＋税
「これで完全に僕のものになったね」プロポーズ&同居の相手は、イケメン御曹司!?

モテモテな憧れ男子と、両想いになりました。～5つの溺愛短編集～
定価630円＋税
幼なじみ、無気力系男子、人気者の同級生…超イケメンをひとりじめ!?

幼なじみという、誰よりも近いようで遠かった関係が、これからは甘く、特別なものへと変わっていく。

――今夜、天の川の下で。

Fin.

七瀬くんとヒミツの恋人ごっこ。

みゅーな**

マイペースで不愛想でなにを考えているのかわからない七瀬《ななせ》くん。

そんな彼とヒミツの恋人ごっこ。

「……ほんと稀帆《きほ》といると調子狂《くる》っちゃうね」

みんなが知らない、私だけが知っている——七瀬くんの甘い素顔。

いつもと変わらないお昼休み。

私、春川《はるかわ》稀帆はお弁当を食べながら、友達である夏希《なつき》ちゃんと花《はな》ちゃんの会話に耳を傾ける。

「えー、花にもついに彼氏できたのかー」

「えへへっ、そうなの！」

最近の話題は恋愛とか彼氏についてが多かったり。

ふたりが楽しそうに盛り上がる中、会話に入れなくてうなずくか相槌《あいづち》を打つくらいしかできない。

恋とか彼氏とか、憧れはあるけれど自分には無縁《むえん》すぎること。

周りはどんどん彼氏ができて、幸せそうに恋愛話をしているっていうのに。

私は高校二年生にもなって肝心《かんじん》の彼氏どころか好きな人すらもいなくて、いつも聞き役に回るばかり。

「夏希ちゃんは彼氏さんと付き合って長いもんね！　もう二年くらい経つよね？」

「そうだねー」

いいなぁ……。恋愛なんて少女漫画《まんが》くらいでしか読んだことがない。

実際、好きな人がいたら毎日が楽しくてキラキラして、その人のために可愛くなろうと思うのかなぁ。

恋をしたら女の子は可愛くなる……とか、昔聞いたことがあるような気がする。

ふたりの会話を聞きながらお弁当を食べ進めていると。

「稀帆は好きな人とかいないの？」

急に話を振られて、夏希ちゃんと花ちゃんの目線が私のほうに向いた。

期待しているような瞳でこっちを見てくるけど、残念ながらふたりみたいな恋愛話はなにもない。

「う、うん。今はいないかな」

「えー、稀帆可愛いのにもったいないよ！」

花ちゃんも、うんうんとうなずく素振《そぶ》りを見せるけど私は苦笑いで返すだけ。

彼氏がいるのは羨ましい気持ちもあるけど、今はふたりの幸せそうな会話を聞いているだけで憧れが膨《ふく》らむから、それはそれで楽しいし。

それに、夏希ちゃんは可愛いと言ってくれるけど、私なんて平凡な容姿だしふたりみたいに可愛くないし。

腰のあたりまで伸ばした髪をいつもハーフアップにして。

周りからは幼い顔立ちだってよく言われる。

背だってそんなに高くないし、抜群にスタイルがいいわけでもない。

「彼氏できたら真っ先に私たちに報告してよね！」

「私も稀帆ちゃんの惚気話《のろけばなし》とか聞きたいよっ！」

ふたりともすごくキラキラした瞳で見てくるけど、そんな報告は当分できないよって言おうとしたとき。

「……そこ、通りたいんだけど」

急に上から降ってきた男の子の声に反応して目線を向けたら――そこにいたのはクラスメイトの七瀬蒼生《あおい》くん。

会話に夢中で気づかなかったけれど、私たちがお昼を食べて囲んでいる机のそばに立っている七瀬くん。

どうやら私たちが通路を塞いでいるみたいで、少し迷惑そうな顔をしている。

「あっ、ごめんなさい……っ！　すぐに椅子どかします……！」

食べるのを中断して慌てて立ち上がり、七瀬くんが通れるように椅子をどかした。

するとﾞ、なにも言わずにそのまま横をスルーして自分の席に着いた。

ちなみに七瀬くんの席は私のうしろ。

つい最近あった席替えで前後になったけれど、特に会話することがないまま。

もしかしたら同じクラスになって今初めて喋ったかもしれない。

すると、夏希ちゃんが七瀬くんに聞こえないように小さな声で言った。

「七瀬くんって見た目はいいけど、ものすごく不愛想だよねー」

一度も染められたことがない綺麗な黒い髪。それと同じ色の瞳。

スッと通った鼻筋に、男の子なのに顔がすごく小さくて。

モデルさんに間違えられそうなくらいのスタイルの持ち主。

「たしかに！　他人には一切興味ないですオーラ全開で近寄りがたいかも」

いつもけだるげで、なにを考えているのかまったくわからないのが七瀬くん。

周りからミステリアスと言われて他人に興味関心がゼロらしく。

友達と楽しそうに喋っている姿とか見たことないかも。

特に自分からはぜったいに話しかけないらしいし。

「花ってば声大きいって……！　七瀬くんに聞こえたらどうするの！」

「えぇ、大丈夫だよ。ほら、寝てるもん！」

すでに机に伏せて眠っている七瀬くん。

そういえば、七瀬くんってよく寝てるし授業をサボったりしているような。

それでも成績は学年でトップだとか。

いろいろ謎が多すぎるよ、七瀬くん。


そのままお昼休み終了のチャイムが鳴り、午後の二時間あった授業も終了。

学校を出て最寄り駅まで向かう。

この時間帯の電車の中は混雑状態。

ホームにはすでにたくさんの人が並んでいて、電車が到着すると人が中に吸い込まれるように乗っていく。

いつものことだから慣れているはずなんだけど。

今日はなんだか人の数が多いような気がする。

人と人の間に挟まれたまま何駅か通過して、自分の身体の異変に気づいた。

……なんだか気分が悪くなってきた。

ずっと下を向いていたせい……かな。
いつもは平気なのに、今日に限って人混みと電車の揺れに酔《よ》ってしまったみたい。
周りは知らない人ばかりで助けを呼べない。
とりあえず次の駅で降りようと思い、ふと目線を扉のほうに向けた。
すると、見覚えのある制服姿の男の子が視界に入ってきた。
あれって……もしかして七瀬くん……？
扉付近に立っていて、音楽を聴《き》きながらスマホをいじっているのが見える。
ボーッとする意識の中で七瀬くんを見ていたら——一瞬、目が合ったような……。
でも、どうやら身体が限界だったみたいで目の前に映る景色がグラついた。
そして、そこで一度意識がプツリと切れた。

次に私が目を覚ましたとき飛び込んできたのは——。

「……大丈夫？」
さっきまで電車の揺れがひどくて、気分が悪かったはずなのに今は身体が少しラクになっているような気がするのはどうして？

落ち着く声が聞こえて、閉じていたまぶたをゆっくり開けた。

「へ……？　えっ、七瀬くん……？」

なんとびっくり、七瀬くんの綺麗な顔が真上にある。

あれ……？　なんでこんな状況になってるの？

「うん、俺は七瀬だけど」

パッと周りを見渡したらどこかの駅のホーム。

身体はベンチに横になっていて、七瀬くんの膝を借りている状態。

「あっ、えっと……」

「……気分どう？　さっき電車の中で倒れたから」

「え……、私倒れちゃったんですか」

「……うん。偶然俺が同じ車両にいたから。とりあえず電車から降りて身体とか横にしたほうがいいと思って」

七瀬くんが助けてくれたんだ。

意外って言ったら失礼……かな。

だって、あまり喋ったことはないし、夏希ちゃんや花ちゃんの話を聞いている限りだとスルーとかされそうな印象で。

迷惑かけちゃったから内心面倒くさいとか、だるいとか思われているかも……。

と、とりあえず謝ってお礼を伝えたほうがいいかな。

「ごめんなさい。迷惑かけちゃって。あと、助けてくれてありがとうございました」

「ん……別にいいよ」

浮き沈みのない声。

やっぱり機嫌《きげん》が悪いのかなぁ……。

でも、七瀬くんは普段のテンションもこんな感じっぽそうだし。

「あの、私はもう大丈夫なので。その、七瀬くんは帰ってください」

本当はまだ少しだけクラッとして気分がすぐれないけど、これ以上七瀬くんに甘えるわけにもいかないから。

無理やり身体を起こそうとしたら、なんでか七瀬くんが阻止《そし》してきた。

おまけに黙り込んだまま。

あれれ……。なんで無反応なの？

すると今度は不思議そうな顔をして、首を傾げている。

「……なんで敬語なの？」

「へ……っ？」

え、そこですか。というか、私が言ったことは無視ですか。

いまいち七瀬くんのペースがつかめそうにない。

「クラスメイトなのに敬語って変じゃない？」

「あっ、そうですよね……！」

「また敬語使ってる」

「うっ、あ……ついクセで……」

「……春川さんって面白いね」

慌てる私を見て、七瀬くんが口角を上げてクスッと笑った。

おまけに私の名前も呼んだ。

てっきり、クラスメイトの名前とか覚えていないかと思っていたからびっくり。

「えっ、七瀬くんが笑ってる」

はっ……、しまった……！　つい思ったことが口からこぼれてしまった。

いや、そりゃ七瀬くんだって笑ったりするよね！　ロボットじゃあるまいし。

ただ、いつもの雰囲気から笑っている姿が想像できないから。

「ふっ……。俺も人間だから笑うよ」

またおかしそうにクスクス笑っている。

教室ではぜったいに見せない顔。

きっと、クラスの子たちが見たら私と同じ反応すると思うもん。

というか、こんなに喋ってくれる人だったなんて、ちょっと意外かも。

「ってか、気分はどう？」

「あ、さっきより良くなったような気が……する」

「今、敬語使いそうになったでしょ？」

「うっ……」

とっさにうまくごまかしたつもりだったけど、気づかれてしまったみたい。

七瀬くんと話していたら、気分も少しずつ良くなってきた。

横になっていた身体をゆっくり起こすと。

「……もう平気？」

「うん。えっと、帰る時間遅くなっちゃったよね、ごめんね」

「……別にいいよ。ってか、心配だから送っていこーか」

「えっ、あっ大丈夫……！　そんなの悪いし」

「いいよ。……前は俺が助けてもらったし」

「え……？」

前って？　助けてもらったって？

ボソッと言ったから聞き取れなかった。

首を傾げて七瀬くんを見たら。

「あー……、今のは聞かなかったことにして」

少しだけ表情が崩れて、ばつの悪そうな顔をしている。

気になるけど、きっとこれ以上聞いても教えてくれなさそう。

そこから話はお互いの最寄り駅がどこなのかについて。

話していくうちに、なんとびっくり七瀬くんと最寄り駅が一緒だった。

そういえば、同じ電車で七瀬くんを何度か見かけたことがあったような……。

結局、帰る方面が同じなので一緒に帰ることになった。

普段の七瀬くんはそんなに口数が多いイメージはなかったけど、会話を振ったら応えてくれるし、わたしの話も聞いてくれて相槌も打ってくれる。

もしかしたら七瀬くんは、周りが思っているよりずっと優しくていい人なのかもしれない。


翌朝――いつもの時間に家を出て、いつもの電車に乗ろうとしたら、駅のホームに偶然にも七瀬くんがいた。

眠そうに立っていて、昨日と同じようにスマホを触りながら音楽を聴いている。

「お、おはよう七瀬くん……！」

昨日のお礼が言いたくて、駆け寄って声をかけたけど。

いきなり喋りかけて馴《な》れ馴れしかったかな。

そもそも七瀬くんは人と話すのがあまり好きじゃないだろうし。

昨日ほぼ初めて話したクラスメイトに、いきなり挨拶されても反応に困るよね。

頭の中でグルグルいろんなことを考えていたら。

「……おはよ」

心配していたけど、挨拶をちゃんと返してくれた。

おまけに音楽を聴くのをやめて、スマホをスッとポケットにしまった。

「あっ、ごめんね。邪魔しちゃって」

「……別に謝らなくていいのに」

そのまま電車が来て、一緒に学校に向かった。

学校に向かう途中では、他愛のない話をしたり。

ただ私の話を聞くだけじゃなくて会話を繋げやすいように返してくれたり、たまにクスッと笑ってくれたり。

七瀬くんは周りから口数が少ないとか、不愛想とかそんなイメージを連想されてるけど、話してみたら全然そんなことない。

そして迎えたお昼休み。

いつもなら夏希ちゃんと花ちゃんとお昼を食べているはずなのに。

「うっ……意外と重たい……」

数学の教科担当の津田《つだ》先生にノートの回収を頼まれた。

思っていた以上にひとりで運ぶのが大変。

さっき、夏希ちゃんや花ちゃんが手伝おうかって言ってくれたのに、断ってしまったのを今さら後悔している。

これくらいひとりで運べると思ったんだけどなぁ。

でも、引き受けたからには、きちんと職員室まで届けないと。

フラフラの足取りで廊下の角を曲がったら。

「うわ……っ」

曲がり角で人にぶつかってしまった。

なんとか身体のバランスを崩さずにすんで、ノートが床に散らばるのを防ぐことができた。

前をちゃんと見ていなかった私が悪いので、慌てて相手に謝ろうとしたら。

「……大丈夫？」

「え……あっ、七瀬くん！」

なんとぶつかったのは偶然にも七瀬くんだった。

「ケガしてない？」

「大丈夫だよ……！　私のほうこそぶつかってごめんね」

すると、七瀬くんがジーッと私が持っているノートを見ている。

ん？　どうかしたのかな？

「……それ、まさかひとりで運ぶつもり？」

「あ、うん！　先生に頼まれて」

「……いや、どう見ても春川さんだけじゃ運べないでしょ」

そう言うと、ノートの山から半分以上を取った。

私の手元に残ったのは数冊。

「職員室でいい？」

「えっ、大丈夫だよ！　また七瀬くんに迷惑かけちゃうし……」

昨日といい、今日といい。

七瀬くんに助けてもらってばかりだ。

「迷惑なんて思わないよ。ってか、春川さんってなんか危なっかしいから目が離せないね」

「そ、そんなに危ないように見えるかな」

昔からよく、おっちょこちょいだねとか言われるけど。

「んー……。なんだろうね、放っておけない……みたいな」

「っ……！」

今のなんだろう。胸のあたりが少しだけキュッと縮まったような、今まで感じたことがないもの。

「自分ひとりで頑張ろうとするのはえらいけど、ほどほどにね」

七瀬くんの大きな手が、優しくわたしの頭を撫でた。

びっくりして、肩に変に力が入ってしまった。

同時にさっきより少しだけ鼓動が速くなったような気がした。

それから七瀬くんと職員室にノートを運んだ。


電車で助けてもらった日を境に七瀬くんとはクラスでよく話すようになったり、困っているところを助けてもらったり。

周りのみんなが思っている七瀬くんは、マイペースで人に興味がなさそうで。

でも、私が知ってる七瀬くんは意外とよく笑う人で、優しいところもあったり。

ほんの少し前までは、私も周りのみんなが思っているような人だと思っていたから、七瀬くんの意外な一面をたくさん知ることができて。

少しずつ七瀬くんとの距離が近くなったような気がする。


そんなある日。


「はぁ……」

「ため息なんかついてどうしたの」

教室を出るタイミングは違うけど電車の時間が同じで、よく駅のホームでばったり会うので最近は七瀬くんと一緒に帰るようになった。

前よりいろんなことを話すようになったし、勝手に仲が良くなった気分。

今日も一緒に帰っていたんだけど、思わず漏《も》れてしまったため息。

それを聞き逃さなかった七瀬くんが心配そうに聞いてくれた。

「こんなこと七瀬くんに相談していいかわからないんだけどね。周りの友達がどんどん彼氏ができてるから。なんだか置いてけぼりになってるように感じちゃって」

たぶん七瀬くんからしたらぜったい興味ないだろうし、そんなこと俺に言われても
とか思ってそう。

やっぱり男の子に相談するような内容じゃないよね。

でも、優しい七瀬くんなら相談に乗ってくれそうな気がして。

「別にね、話を聞くのが嫌とかじゃないんだけど。やっぱり羨ましくて憧れちゃうなぁって」

すると、七瀬くんが急に私の手をつかんで立ち止まった。

不意に触れた七瀬くんの体温に心臓が一度だけ大きくドキッと跳ねた。

「えっ、七瀬くん？」

そして、耳を疑うような驚きの提案をしてきた。

「……んじゃ、俺が春川さんの彼氏になってあげよーか」

え……？　今、なんて言った？

あれ、私の聞き間違い？　いや、でも今たしかに私の彼氏になってあげようか？って言ったよね……？

「え……そんな冗談──」

「俺が冗談言うように見える？」

「み、見える……」

ううん、本当は見えないよ。

だって、普段の七瀬くんは冗談を言って面白がるようなタイプじゃないもん。

でも、今だけは冗談……もしくはからかっているとしか思えないもん。

「周りが彼氏できて羨ましいんでしょ？　じゃあ、彼氏作ればいいだけじゃん」

「い、いや……そんな簡単に言われても相手がいないわけで……」

「うん、だから俺でいいじゃん」

えっ、待って待って。展開が急すぎてついていけない。

まさかこんな答えが返ってくるなんて微塵《みじん》も思っていなかったから、驚いている私と、反対になぜか冷静でいつもと変わらない七瀬くん。

この差はいったいなんなの……⁉

「仮でもいいから付き合ってることにすればいいでしょ？　彼氏ができたときの予行練習的なやつだと思えば」

七瀬くんって意外とノリが軽いというか。

こんなときに限って、なんでか饒舌《じょうぜつ》になっているし。

しかもグイグイ迫ってくるから。

そもそも相談したのは私だし、七瀬くんはもしかしたら気を遣って提案してくれたのかもしれないから断るに断れなくなってきた。

「なるよね、俺の彼女」

かなり強引で、無理やりなところもあるけれど。

ここで〝なる〟以外の選択はなかった。

だから――ゆっくり首を縦に振った。

翌朝……。昨日の夜にいろいろ考えすぎた結果、少し睡眠不足。

あの出来事はぜんぶ夢だったんじゃないかって思えてきたけど、どうやら夢ではなかったようで――。

「……おはよ、稀帆」

「えっ……!?」

朝、いつもどおり駅のホームで電車を待っていたら七瀬くんが来て、おまけにさらっと下の名前で呼ばれたような気がするんだけど……！

びっくりして大げさに七瀬くんを見たら。

「驚きすぎ」

「だ、だって今、稀帆って……」

「仮でも付き合ってるんだから下の名前で呼んでみた」

「不意打ちは心臓に悪いよ……っ」

男の子に下の名前で呼ばれたのなんて、幼稚園《ようちえん》の頃以来かもしれない。

七瀬くんはモテるだろうし、過去に彼女とかいたことあるだろうから、女の子を下の名前で呼ぶくらい容易なんだろうけど。

これが恋愛経験値の差ってやつなのかなぁ。

「稀帆も俺のこと下の名前で呼んでよ」

「え……えぇ!? む、無理だよ！」

なんで私まで!? というか、七瀬くんの強引さが前より増しているような気がするんだけど！

「ってか、俺の下の名前ちゃんと知ってる？」

「し、知ってるよ」

蒼生くん――。胸の中で呼んだ。

なんだか口にするのが恥ずかしくて。

「ま、まだ呼べない……です……っ」

「……んじゃ、いつかちゃんと呼んでね」

私の頭を軽くポンポンッと撫でて、口角を上げて笑っている。

七瀬くんのペースに引き込まれてばかり。

前までは、ただのクラスメイトで話すこともそんなになかったのに。

気づいたら他の子よりも一緒にいる時間が長いかもしれない。

今では、みんなが知らない七瀬くんの一面を知ることができたり、いろんな表情を見ることができたり。

そんな七瀬くんに少しだけドキッとしているのは、ぜったいに内緒――。


こんな感じで七瀬くんと仮で付き合ってから一ヶ月が過ぎた。

本当に付き合っているわけじゃないので、クラスメイトの子たちには内緒。

朝と放課後は一緒に登校したり、前とそんなに変わらない関係。

付き合ってなったから、てっきりもっと恋人っぽいことをするのかな……なんて、ちょっと期待してたんだけど。

まあ、仮というか恋人ごっこみたいな感じだからそんな期待しても仕方ない――と、思っていた矢先の帰り道にて。

「せっかくだからデートしてみる？」

「え……えっ!?」

七瀬くんからまさかの提案。

「そんな驚く？」

だって、さらっとなんともない感じで言ったから！

「お、驚くよ！　デートなんてしたことないもん……！」

「いつか彼氏できたらデートくらいするでしょ」

「そ、それはそうだけど」

「んじゃ、今週の土曜日ね」

「えっ、今週!?」

いくらなんでも急すぎないかな!?

驚いてばかりの私をスルーして、スタスタ歩いていく七瀬くんの背中を小走りで追いかける。

「……楽しみだね。稀帆の可愛い私服期待してるよ」

「っ……！」

最近気づいたの。七瀬くんからの〝可愛い〟はすごく心臓に悪い。

なんでかな。他の人に言われるより何倍も、七瀬くんに言われると心臓がキュッと縮まって、ドキドキしちゃう。

そして、迎えたデート当日――。

休みの日は起きるのが遅いのに、今日はいつもより早くに目が覚めてしまった。

昨日の夜からなにを着ていこうか悩んでクローゼットにある服をチェックして。

散々悩んだ結果、もうすぐ夏本番が近づいているのでネイビーのシンプルなデザインのワンピースに白のレースのカーディガンを羽織ることにした。

普段はメイクとかしないけど、今日だけ頑張ってみることに。

夏希ちゃんや花ちゃんに相談して、新しくリップを買ったり。

少しでも七瀬くんに可愛いって思ってもらえたら嬉しいなって、そんなことを考えて約束の最寄り駅へ。
そういえば行き先とか聞いてないなぁ。
駅に着いてみると、休日ということもあって人の数がすごい。
七瀬くんを探すために周りをキョロキョロ見渡すけど見つかりそうにない。
なので、スマホで連絡を取ろうとしたとき。
「……稀帆？」
急に背後から聞こえた声。
振り返ったら、いつもの制服姿とは違う七瀬くんがいた。
私服ものすごく新鮮……だ。
白のサマーニットにネイビーのワークシャツを羽織って黒のパンツ。
シンプルだけどスタイルがいい七瀬くんにすごく似合ってる。
――って、見惚れてる場合じゃない……！
「あ、えっと、お待たせしました……っ」
なんでか不自然に敬語が出てしまった。
七瀬くんはすごくかっこいいのに、隣に並ぶ自分が釣り合ってなさすぎて。

どうしよう、うまく目を合わせられない。

目線は地面に落ちたまま。七瀬くんの顔を直視できずにいたら、突然ひょこっと七瀬くんが下から覗き込むように見てきた。

びっくりして、思わずあとずさり。

「……可愛いね」

「な、なにが？」

「稀帆が」

「……へっ⁉ 私が⁉」

今ものすごく自然に言われたような気がする。

なんともないって感じでさらっと言ってくるから、受けるこっちの身にもなってほしい。

「……いつもよりもっと可愛く見える」

「ほ、ほんとに思ってる？」

「なんで疑うの」

「だって自信ない……もん」

頑張って可愛くしてきたつもりでも、空回りしてるだけの可能性だってあるし。

はっ……もしかしたらお世辞かもしれないし。

「……稀帆はもっと自覚したほうがいいよ。自分がすごく可愛いってこと」

「……っ！」

あぁ、またこの感じ。胸がキュッと縮まって、心臓がバクバクうるさくて、身体中の血液がブワッと沸騰《ふっとう》しているような。

「ほんと反応がいちいちピュアだね」

「な、七瀬くんみたいに慣れてない……もん」

なぜかわからないけど、少しだけもやっとした。

恋愛に慣れているであろう七瀬くんと、不慣れな私。

あって当たり前の差なのに――って、いけない。

こんな暗い気持ちになるのやめよう。

せっかく七瀬くんとふたりで出かけるんだから楽しまないと。

両頬を手で軽く叩いていたら、七瀬くんが「なにしてるの？」って顔をして私を見ていた。

そして、さらっと片手が七瀬くんによって奪《うば》われた。

「え……あっ、手……」

「デートって繋ぐもんでしょ?」

手が触れているだけなのに、ドキドキが止まらない。

これくらいで慌てる私と、涼しそうな顔をしてスマートに対応してる七瀬くんと。

「稀帆? どうしたの?」

「えっ、あ……なんでもないよ!」

変に意識しちゃうからダメなんだ。

もっと七瀬くんみたいに余裕を持たないと……!

って、気合を入れてみたけど、手の繋ぎ方がすごくずるいような気がする。

だって、普通にギュッて繋ぐんじゃなくて、指を絡めて――いわゆる恋人繋ぎってやつをしてるから。

今日こんなのが続いたら、私の心臓ちゃんと持つのかな。

ドキドキと闘《たたか》いながら、駅の近くに最近できたカフェに行くことに。

ここのマカロンがすごく有名で、夏希ちゃんや花ちゃんが前に彼氏さんと行ったことを話していて、写真も見せてもらった。

一度は行ってみたいと思っていたけど、いつも行列でなかなか入れなくて、でも今日は少し待ったら席に案内してもらえた。

ちなみに、このお店に行こうって誘ってくれたのは七瀬くん。

「七瀬くんって普段からこういうカフェに来るの？」

「……別にそうでもないよ」

彼女さんと来たことある……のかな。

そりゃ、七瀬くんすごくかっこいいし、優しいし。

歴代の彼女さんはぜったい可愛いだろうな……。

ふと気になったけど、七瀬くんの好きなものとか趣味《しゅみ》ってなんだろう。

仮で付き合っているのに、私は七瀬くんのことをあまり深く知らない。

どうしてかわからないけど、胸のあたりが少しだけもやっとして、些細《ささい》なことでもいいから知りたいなって思った。

「ただ、こういう店とか稀帆が好きそうかなって」

「っ……！」

心拍数は一気に急上昇。

落ちていった気分は、七瀬くんの言葉ひとつで簡単にもとどおり。

だって、七瀬くんが私のことを考えて選んでくれたんだって思ったら、そんなの嬉しい以外になにも思いつかない。単純すぎるかな。

「……急に黙ってどうしたの？」

「あっ、なんでもないよ！　ずっとここのお店行きたいなぁって思ってたの！」

これも本当のことだから、とりあえずうまくごまかせた……ような気がする。

「そっか。喜んでくれてよかった」

ふわっとやわらかく笑って、愛おしそうな瞳でこっちを見てくるなんて。

ずるいよ、七瀬くん――。


カフェを出てから、近くに手作りのアクセサリーを売っているお店を見つけた。

「わぁ、これ可愛いっ……！」

思わず手に取った天然石のネックレス。

ローズクォーツと、ガーネット、ロードクロサイトという、どれも恋愛にかかわるパワーストーンが使われているみたい。

デザインの可愛さにひとめ惚れ。

鏡を見ながら首元に合わせるけど、こんなに可愛いの私には似合わないかな……。

「それ、欲しいの？」

「ひゃっ、びっくりしたぁ……！」

ネックスレスに夢中になっていたせいで、七瀬くんのことをすっかり忘れてしまっていた。

「可愛いデザインだね。稀帆に似合いそう」

鏡を一緒に覗き込んで、鏡越しに私の首元のネックレスを見ている。

う、うわ……っ。なんかすごく距離が近いような気がする。

首を少し横にくるっと回して見上げたら七瀬くんの綺麗な横顔が見える。

「……俺の顔になにかついてる？」

「へ……っ？」

はっ……しまったぁ。

七瀬くんに見惚れていたのが鏡に映っていた。

「さっきからずっとこっち見てるし」

「あっ。な、なんでもないよ……！」

恥ずかしさを隠すように、慌ててネックレスをケースの中へ戻してお店の外へ飛び出した。

そのままお手洗いへ行ってくると告げて、いったん自分を落ち着かせる。

なんだか今日は七瀬くんにドキドキしてばかり。

「お、お待たせしました」

「ん、いいよ」

急いで七瀬くんのもとへ戻った。

このあと、どこに行くか聞いていないのでソワソワしていると。

七瀬くんが腕時計をチラッと確認した。

「まだ時間あるし。せっかくだから俺の行きたいところ行っていい？」

「も、もちろん！」

七瀬くんの行きたいところってどこだろう？

それより、まだ帰らなくていいんだって思ったら、なんだか嬉しくなっちゃう。

電車に揺られること三十分ほど。

駅を出て少し歩いたら綺麗な海が見える。

「わぁ、海だ！」

「せっかくだから、あそこで飲み物でも買う？」

少し先におしゃれなジュース屋さんがあって、そこでお互い違う飲み物を注文。

私は桃《もも》のジュースにしたんだけど、どうやら炭酸入りみたいでシュワシュワしていて、透明感《とうめいかん》のあるピンクで夏らしい飲み物。

「七瀬くんはなに頼んだの？」

「俺はレモンにした」

「レモンも美味しそうだね」

自分の桃のジュースをストローで吸っていたら、なんでか七瀬くんが自分の飲んでいたものをこっちに差し出してきた。

「……ん。飲む？」

「あっ、いいの？」

「いいよ。稀帆のもちょうだい」

こうしてお互いの飲み物を交換《こうかん》。

「ん！　レモンも美味しいね！」

桃とは違って、ほんのり酸っぱさがあって、でも甘さもあるからその組み合わせが絶妙にマッチしてる。

「桃は結構甘いね」

あっ……、でも待って。すごく今さら……なんだけど。

口をつけたストローを思わずジッと見る。

ど、どうしよう。自然と飲み物を交換したけど。

こ、これって間接キスになるんじゃ……⁉

まったく意識せずに普通に飲んでしまった。

「……稀帆？」

「ひゃ、ひゃい……！」

うぅ……噛んだ。意識し始めた途端、口をつけることができなくて、同時に七瀬くんの顔を見られなくなった。

「ふっ……どうしたの」

「い、いえ。なにもないですよ」

「急に敬語とか不自然だよ」

そのあと自分の桃のジュースが戻ってきたけど、正直そこから先はドキドキしながら飲んだから味がわからなかった。

七瀬くんはさっきと変わらない様子。

私だけなんだ、こんなに意識しているのは。

私は七瀬くんがぜんぶ初めてだけど、きっと七瀬くんは違う。

少し気持ちが落ち込んだ。

七瀬くんと一緒にいると、自分が知らない感情がたくさん出てくるから困る。

そのままふたりで海沿いを歩いて、近くに少し小さめのベンチがあったので座ることに。

七瀬くんの肩に触れないように控えめに身を小さくして座るけど、やっぱり肩が触れてしまう。

周りには人が誰もいない。

ふたりっきり——だから、いつもより緊張してしまう。

触れている肩から心臓の音が伝わっちゃうんじゃないかって。

「あ、あの……！　今日一日ありがとう。すごく楽しかった！」

なにか喋らないと落ち着かなくて焦ってお礼を伝えたけど、これじゃわたしが喋って終わりで会話が続かないじゃん……。

もっと気の利いたことが言えたらいいのに。

これじゃ、七瀬くんがなんて返したらいいか困っちゃうじゃん。

「それ帰り際にする会話だね」

ははっと、おかしそうに笑ってる。

前までは、七瀬くんがこんなにいろんな表情を見せてくれるなんて思ってもいなかった。

もっと一緒にいたい、七瀬くんのいろんな一面を知りたい——そんな気持ちばかりが大きくなっていくのはダメなことなのかな……？

反対に七瀬くんは私のことどう思っているんだろう……？

「……まだ俺は稀帆と一緒にいたいのに」

「っ……！」

ほら、また心臓がドキッと大きく跳ねた。

七瀬くんはいったいどんな気持ちでそんなこと言うの？

もし、なんとも思っていなくて口にしているならずるいよ。

どうして七瀬くんみたいに自然に振る舞えないんだろう。

こういう経験がないから？　慣れていないから？

他の男の子にこういうことされたら、同じようにドキドキする……のかな。

たぶん……しないような気がする。

きっと、七瀬くんだから――。

「あ、そうだ。ちょっと目つぶって」

突然言われて戸惑ったけど、言われるがままスッと目を閉じる。

すると、なにやら隣でガサガサ音が聞こえて、首のあたりになにか触れているような気がする。

「……ん、できた。開けていいよ」

ふと、下に目線を落としたら、視界に入ってくるピンクの天然石たち。

「えっ、これって……」

「稀帆に似合うと思ったから」

さっき自分で買うのを諦めたネックレス。

「今日デートしてくれたお礼にプレゼント」

私がお店を出たあとに買ってくれたの？

まさかのことにびっくりして、うまく言葉が出てこない。

でも、ちゃんと言葉にして伝えないと。

「えっと、ありがとう……っ。今日たくさん楽しませてもらって、こんなに素敵なプレゼントまでもらって……っ。私、七瀬くんになにもできてないのに」

今日だけじゃない。一緒に過ごした時間で、七瀬くんはいつも私のことを考えてくれて。反対に私は七瀬くんになにも返せていないような気がするから。

「……それじゃ、俺のお願いひとつ聞いてよ」

「お願い……？　私で聞けるものなら……」

「名前、呼んでよ」

「えっ？　あっ、七瀬く――」

なんだそんな簡単なこと？と思いながら呼ぼうとしたら、七瀬くんの綺麗な人差し指がそっと私の唇に触れた。

「そっちじゃなくて――蒼生」

全然簡単じゃなかった。

控えめに七瀬くんをジッと見つめたら、真っ黒の瞳が私をとらえて離さない。

緊張しすぎて口の中が渇《かわ》いて心臓はフル稼働《かどう》。

早く呼んでって……急かすように、七瀬くんの手がゆっくり私の頬に触れる。

触れられたところが尋常《じんじょう》じゃないくらい熱い……。

「あ、蒼生……くん」

呼んだ瞬間――甘い香りに包み込まれた。

一瞬、なにが起きているのか理解ができなくて、七瀬くんの腕の中で固まる。

「……ほんと稀帆といると調子狂っちゃうね」

それはこっちのセリフだよ七瀬くん。

わたしのほうがドキドキさせられてばかり。

仮で付き合っているだけなのに、特別感を出してくるのはずるいよ——。


週明けの月曜日。

いつもと変わらず夏希ちゃんと花ちゃん三人でお昼を食べていたら。

「稀帆ってば最近なんか楽しそうじゃん！」

「そ、そうかな」

「私も思ってたよ！　最近の稀帆ちゃん前よりもっと可愛くなってる！」

そ、そんなにわかりやすいかな。

夏希ちゃんも花ちゃんもなにやらニヤニヤしている。

「さては好きな人でもできたんじゃない？」

「へ……っ⁉」

「わぁ、今の稀帆ちゃんのリアクションからしてぜったいそうじゃん！」

「だって、この前も急にメイクの仕方教えてなんて言ってきたもんねー」

「いや、えっと……。す、好き……かどうかはまだわからないんだけど。その、一緒にいて落ち着くっていうか、楽しい人はできた……かな」

「えぇ！　よかったね！」

そのあとも夏希ちゃんと花ちゃんからの質問攻めがすごくて。

ふたりとも「進展があったらすぐに報告してね！」って、瞳をキラキラさせていた。

期待するような進展があるかわからないけど。

七瀬くんとデートをした日。

あれから七瀬くんには『……ごめんね、急に抱きしめたりして』って謝られた。

抱きしめられて嫌だった……わけじゃないから、謝らなくていいのに……と心の中で思ったけど口にはできなくて。

結局、その日はそのまま解散になってしまった。

そして今朝、同じ電車で一緒に登校してきたけど七瀬くんはいつもと変わらない様子だった。

そしてさらに二週間が過ぎた、ある日の朝のホームルームにて。

「じゃあ、順番にクジを引いて、番号の席に移動するように」

ついに席替えになってしまった。

こうして七瀬くんと前後の席でいられるのが終わっちゃうんだ……と思うとなんだかすごくさびしく感じる。

『女の子にとって、席替えは重大イベント』みたいなのを昔聞いたことがあって、そのときはそんなに重大？って思っていたけど、今ならその気持ちがわかるような気がする。

ドキドキしながらクジを引く順番が回ってきた。

どうか七瀬くんと近くになれますように……！って気合を入れて引いた。

黒板に書かれた番号を確認する。

あっ、廊下側のいちばんうしろの席だ。

当たりな場所を引けて嬉しいけど、それより――七瀬くんの席がどこか気になってしまう。

私の次に七瀬くんがクジを引いて、偶然なのか目が合った。

「……春川さんはどこだった？」

付き合っていることは周りには言っていないので、みんながいる教室では苗字呼び。

「あ、廊下側のいちばんうしろ」

「……俺と真逆の席だね」

神様はすごくイジワル。

真逆ってことは、七瀬くんの席は窓側のいちばん前ってことでしょ？

あぁ、すごく落ち込んだ。

前まであんなに近かったのに、今では教室内でいちばん遠い端っこ同士。

おまけに夏希ちゃんや花ちゃんも離れちゃってるし。

「はぁ……」

「ため息なんかついてどうした？」

「えっ、あっ……和田《わだ》くん」

新しい席に着くと、隣に和田くんがやってきた。

クラスのムードメーカー的な存在で明るい男の子。

明るく染められた短髪に端正な顔立ち。

「せっかく当たりの席なのに浮かない顔してるじゃん」

「そ、そうかな」

なんだろう。話しにくいわけじゃないけど、七瀬くんと話してるほうが落ち着くし変に気を遣わなくていいような感じがする。

「春川さんは可愛いんだから笑ってるほうがいいよ！」

和田くんがニカッと笑った。

「あ、ありがとう」

七瀬くんからの〝可愛い〟はすごく嬉しいのに。

他の男の子から言われても、なんとも感じない。

他の男の子に笑いかけられても、不思議とドキドキしない。

七瀬くんだから嬉しく感じるのはどうして……？


よくわからない気持ちを抱えたまま。

ある日の放課後――。

「あ、七瀬くん。今日、私日直で放課後残らないといけなくて」

いつもなら同じ電車に乗れるはずだけど、今日は無理そうかな。

本当は一緒に帰りたいな……って思うけど、そんなわがままは言えない。

なるべく顔に出さないように伝えてみると。

「……じゃあ、終わるまで一緒に教室で待つよ」

「それじゃ悪いよ」

「だって稀帆がさびしそうな顔してるから」

え……えっ!? 私そんなあからさまに顔に出てた……!?

思わず両手を頬にあてて、むにっと引っ張っていると。

私が座っている前の席の椅子をガタンと引いて座った。

断ったのに終わるまで待ってくれるんだ。

「い、いいの？」

「うん。俺も稀帆と一緒にいたいし」

ほら、またそんなことさらっと言うから。

最近、七瀬くんといると平常心を保つことが難しい。

七瀬くんの言動ひとつで気分が上がったり下がったり。感情がすごく忙しい。

ふと気づいた……静かな放課後の教室にふたりっきり。

七瀬くんとの距離──狭い机ひとつ分。

ちょっとでも身体を前に出したら、お互いの距離がゼロになりそうなくらい。

私が日誌を書いている間、七瀬くんはその様子を頬杖をついてジーッと見ている。

今たぶん、すごくつまらないだろうしスマホとかいじらないのかな。

七瀬くんはいつもひとりのときは、よくスマホでゲームをしたり漫画を読んだり音楽を聴いたりしているから。

「えっと、七瀬くん？　暇だったりしない？」

「ん、全然。稀帆のこと観察してるから楽しいよ」

「えっ⁉」

思わず顔をバッと上げたせいで、手元が狂って日誌に変な線が入ってしまった。

あぁ、やっちゃった……と思いながら、ペンケースから消しゴムを探す。

「邪魔しちゃったね」

「からかっちゃダメだよ……っ」

七瀬くんの言葉に踊らされてばかり。

余裕そうにクスクス笑いながら、私の反応を見るのを楽しんでいるみたい。

それからどちらも黙り込んでしまい、私は日誌を書くのに集中。

七瀬くんは、また頬杖をついてこっちを見たまま。

なんだか七瀬くんのほうをこれ以上直視できなくて、目線はずっと日誌に落ちたまま——のはずだった。

「……稀帆」

不意に名前を呼ばれて、びっくりしたせいで勢いよく顔を上げたら——。

「……近いね」

思ったより、ずっと……七瀬くんの顔が近くにあった。

その距離——わずか数センチほど。

一瞬、七瀬くんの瞳にとらえられて動けなくなった。

ジッと見つめたまま、なにも言わない。目線をそらそうともしない。

心臓がドッと激しく強く音を立てる。

ドンッと大きく自分の耳元まで響いているような。

「ち、近いよ、七瀬くん……っ」

「わざと近づいてるんだけど」

ゆっくり……七瀬くんの指先が私の唇に触れた。

触れられた部分だけ、ジンッと熱くなる。

大げさかもしれないけど、心臓が破裂《はれつ》するんじゃないかってくらい、今までの中でいちばんドキドキしてる瞬間。

今まで、七瀬くんと恋人っぽいことをたくさんしてきた。

手を繋いだり、名前で呼んだり、抱きしめられたり……。

その次は——恋愛に鈍感な私でもそれくらい想像はつく。

でも、七瀬くんはきっとしてこない……そう思ったのに。

「キス……できそうな距離だね」

そのまま、スローモーションのように顔が近づいてきたから思わずギュッと目をつぶると……。

「……なんて。さすがにそこまではしないよ」

そんな声が聞こえて、まぶたをゆっくり開けた。

「いつか、本物の彼氏ができたときにしてもらえるといいね」

胸に刃物が刺《さ》さったみたいにズキッと痛かった。

さっきまでの甘いふわふわしたような気持ちは、一瞬にしてガラスのように割れて粉々に砕けた。

うまく口角が上がらない、いつもみたいに笑えない。

でも、それを悟《さと》られてはいけないような気がして、必死に笑顔を貼《は》りつける。

たぶん……ううん、期待していた――七瀬くんにキスされるんじゃないかって。

期待していたのは私だけ……。その差が今はすごく虚《むな》しく感じる。

「そ、そう……だね。いつかちゃんとした彼氏ができたらいいな」

「稀帆は可愛いからすぐに彼氏できると思うよ」

あぁ、なぜか今は七瀬くんからの〝可愛い〟がちっとも嬉しくない。

わかっていたつもりだった。この関係は本物じゃないってことくらい。

この場の空気が重くなったような気がする。

空気と同じように気持ちも一気に底に沈んでいった感覚。

もう、うまく笑えない。ここで、なんともないフリをして笑えるほど、私にそんな余裕はなかった。

七瀬くんは、ただ恋に憧れている私に付き合ってくれているだけ。

だから、私のことはなんとも思っていないわけだから。

これ以上を求めちゃいけない……。

「日誌……書き終わったから職員室に提出してくるね。私ほかに用事思い出したから七瀬くんは先に帰ってて」

声の震えを必死に抑えて嘘を並べる。

不自然に下を向いて、下唇をギュッと噛みしめる。

胸が苦しくて、目頭がジワリと熱くなって涙が止まらない。

教室から逃げるように出る寸前、七瀬くんに名前を呼ばれたような気がしたけど無視して飛び出した。

なにを期待していたんだろう……。

私と七瀬くんは本当に付き合ってるわけじゃないのに。

いい加減、この気持ちの正体に気づかなきゃいけなかった。

七瀬くんのことならどんな些細なことでも知りたいと思ったり。

七瀬くんが私以外の女の子を特別に思ったりするのが嫌だったり。

他の男の子は眼中にも入らなくて、気づいたら七瀬くんを追ってばかり。

答えは簡単なことだった。

ぜんぶ——七瀬くんのことが好きだから……だ。

七瀬くんへの気持ちに気づいてから数日。
放課後、一緒に残った日から気まずさを感じて朝と帰りの電車の時間をずらした。
教室では席が離れているから話すこともない。
避けているのがあからさまにわかってしまう。
でも、今はどうしたらいいか正解がわからない……。

迎えた放課後。今日に限って委員会で居残りなんてついてない。
三十分ほど委員会に参加して、気づけば時計の針は夕方の四時を回っていた。
もうみんな帰っているだろうと思い、教室にカバンを取りに戻った。
前の扉に手をかけてスライドさせようとしたとき。
「あの、私ずっと七瀬くんのことが好きでした……っ」
扉の小さな窓から見える男女ふたり……。
あぁ、なんてタイミングが悪いんだろう。
まさか、よりにもよってこんな場面に遭遇《そうぐう》するなんて。
心臓を鷲《わし》づかみにされたみたいに苦しい。

他の女の子に笑ってほしくない、名前を呼んでほしくない——ぜんぶ私だけに向けられたらいいのに。

そう思ってしまう私は、いつしか欲張りになっていた。

七瀬くんの気持ちが私に向いている可能性なんてゼロに等しいはずなのに。

恋をしたら、こんなにわがままになるなんて知らなかった。

憧れていたはずの恋は、もっとキラキラしたものだと思っていたのに。

相手を想って苦しくなる気持ちがあるなんて……。

「七瀬くんの彼女になったら、私なんでもするから……っ」

女の子が七瀬くんにギュッと抱きついたのが見えた。

その瞬間、気づいたら身体が勝手に動いて扉を開けてしまった。

向き合っていたふたりの目線がこちらに向いた。

ここから早く立ち去らなくちゃいけないのに……もし、七瀬くんがこの子の告白を受けて付き合うことになったら……それがすごく嫌で。

スカートの裾をギュッと握って、ただその場に立ち尽くすことしかできない。

いろんな気持ちが重なって、それが涙に変わって視界がゆらゆら揺れる。

「……今からふたりっきりになりたいから出ていってくれる？」

少し冷たい七瀬くんの声。それがさらに涙を誘ってくる。

あぁ、やっぱり私が邪魔で早く出ていってほしいんだ。

散々わたしのほうが避けていたくせに、いざこうやって冷たく突き放されて傷つくなんて矛盾《むじゅん》もいいところ。

ふたりに背を向けて、扉に手をかけたら……。

「……なんで稀帆が出ていこうとするの？」

そんな声が聞こえて、思わずピタリと動きを止める。

今、七瀬くんなんて……？　私に出ていってほしいんじゃないの……？

状況がいまいち把握《はあく》できない。

「悪いけどキミの気持ちには応えられないから。今はこの子……稀帆とふたりで話したいことがあるから」

七瀬くんがそう言うと、女の子は気まずそうな顔をしてなにも言わずに教室を去っていった。

残された私たちの間に沈黙が流れるかと思いきや。

「こっちおいで、稀帆」

　こんなふうに名前を呼んでもらえないと思った。

　私が理由も言わずにいきなり避けるようなことをしたから。

　ゆっくり教室の中に足を踏み入れて、七瀬くんのそばへ。

　顔を上げて目を合わせたら、まだ瞳に涙が残っているせいで七瀬くんの顔がぼんやり映るだけ。

「……なんで泣いてるの？」

　大好きな七瀬くんの匂いに包み込まれた。

　声のトーンがずっと優しくて、こんなふうに名前を呼ぶのも抱きしめるのも私だけだったらいいのに……って思うほど、私の胸の中は七瀬くんでいっぱい。

　だから、この気持ちをちゃんと伝えたい。

　少し身体を離してもらって、しっかり七瀬くんの瞳を見つめて。

「七瀬くんに……どうしても伝えたいことがあって……っ」

　逃げずにきちんと伝えなきゃ。

　もうこの際、振られる覚悟で気持ちをぜんぶ伝えてしまえばいいんだって。

「私、七瀬くんのことが好き……っ。他の誰にも負けないくらい、七瀬くんでいっぱいで──」

まだ喋っている途中だったのに、再び抱きしめてきた。

まるで、大切なものを包み込むような抱きしめ方。

「……今伝えてくれたことほんと？」

「ほ、ほんとだよ……っ。でも、七瀬くんは私のこと好きじゃないってわかってるから。だから、避けるようなことしちゃって……」

「はぁ……なんだ、俺てっきり稀帆に嫌われたから避けられたと思ってたのに」

ため息をついて、でもどこか安心した様子。

私が七瀬くんを嫌いになるなんてありえないのに。

すると、七瀬くんが一度深呼吸をした。

そして、私の瞳をしっかり見ながら。

「俺も──ずっと前から稀帆のこと好きだったよ」

え……？　今、たしかに好きって言った……？

うまく受け止められなくて、今ぜったい間抜けな顔をしてると思う。

完全に振られると思っていたから、頭の中はパニック状態。

そんな私を差し置いて、七瀬くんはゆっくり話し出した。

「稀帆は覚えてるかわかんないけど。半年前くらいの休みの日——電車で稀帆に助けてもらったんだよ。気分悪くて、どうしようもなくて。そしたら稀帆が声かけてくれて、降りる駅でもないのに途中で俺と電車から降りて」

そういえば、そんなことがあったような……。

私服だったし、たしか帽子《ぼうし》を深くかぶっていたこともあって、その男の子が七瀬くんだとは覚えていなかった。

「それから少しずつ稀帆のことが気になって、同じクラスになってなんとなく目で追ってたら稀帆の良さがたくさん見えた。困ってる人とか放っておけない優しい子で、友達と話してるときも笑顔で聞いてたり。いろんな稀帆を知って、もっと気になるようになったけど、自分から声かけるとかできなくて」

初めて七瀬くんが自分の気持ちを話してくれている。

まさか、こんなふうに私のことを想ってくれていたなんて。

「だから、稀帆が恋に憧れてるって聞いたときチャンスだと思った。仮でもいいから稀帆の特別になりたかったし、少しでも俺のこと意識してくれるきっかけになったらいいなって」

さらに「俺そもそも好きでもない子を彼女にしたりしないし」なんて言うから。

「そ、そんなのわかんないよ……っ」

「結構わかりやすく稀帆だけ特別にしてたのに」

「わかりにくいもん……」

「んじゃ、これからはもっとわかりやすくしようか」

フッと余裕そうに笑って、これから先もこうやって七瀬くんのペースにうまく乗せられちゃうのかなって。

同時に少しだけ不安になる。

七瀬くんはすごくモテるだろうし、私なんかよりもっと釣り合う子がいるんじゃないかって。

「ほ、ほんとに私なんかでいいの……っ？」

「稀帆じゃなきゃダメなんだよ」

ストレートに伝えられて、嬉しさと恥ずかしさでいっぱいになる。

不安だった気持ちは七瀬くんの言葉で簡単に消えてしまう単純さ。

ただでさえ心拍数が急上昇してるっていうのに、七瀬くんはお構いなしに距離を詰めてくる。

顔が近づいてくるのが見えて、ギュッと目をつぶる。

前はキスされなくて勝手に落ち込んだけれど。

「好きだよ——稀帆」

優しくそっと……唇を塞がれた。

少し触れただけなのに、胸がキュッと縮まって。

好きな人とのキスが、こんなに胸がドキドキして幸せなんて知らなかった。

「……顔真っ赤」

唇が離れた今も至近距離で見つめられて、心臓が誤作動を起こしちゃうんじゃないかってくらい、バクバク暴れている。

「七瀬くんのせいだよ……っ」

「ほんと可愛いね……。お願いだからそんな可愛い顔、他の男に見せないでね」

なんだか、七瀬くんに振り回されてばかり。

だから、ちょっとでもその余裕そうな顔を崩したいって思っちゃう。

控えめに七瀬くんをジッと見つめたら、不思議そうな顔をして首を傾げている。

少しだけ背伸びをして、七瀬くんの耳元でそっと——。

「蒼生くん、大好き……っ」

ひょこっと顔を覗き込んでみたら、びっくりして目を見開いてこちらを見ながら、少し照れた様子を見せた。

それを隠すように腕で顔を覆っているけど、耳のあたりがいつもよりほんの少しだけ赤くなっているから。

「……不意打ちは心臓に悪いって」

こんな顔を見られるのは、きっと私だけ——。

Fin.

背伸びして、触れさせて

雨乃めこ

キミと出会って毎日がキラキラして
なのに勇気は出せなくて
でもこの気持ちは、溢れるばかりだから
せめてあと少し、近づかせて
臆病な自分とはもう、さようなら

『はい、よくできました』

高校二年生になって半年がすぎた頃。

まだ夏の暑さが残っている気がするけれど、学校では制服の衣替えが昨日からスタートした。私、小若日詩《こわかひなた》は二週間ある移行期間二日目の今日、さっそくブレザーを羽織っている。一学期に切りすぎてしまったとちょっと後悔していた髪は、今では肩近くまで伸びていて。我ながら自分の中で一番しっくりきている長さだと思う。癖っ毛で毛先が跳ねるのがちょっと気になるけれど周りの友達はみんな、『それが可愛いんじゃん』と言ってくれて。自分のコンプレックスをそう言ってもらえるのはお世辞でも少し自信に繋がっている。

「おはよう！　日詩もう冬服か！　早いね。暑くないの？」

朝、教室に入って自分の席につけば、去年から同じクラスの花織《かおり》こと戸塚《とつか》花織が紙パックのオレンジジュースを片手に私の席にやって来た。

「おはよう。うん。大丈夫」

「そっかー。日詩が冬服なら私も明日着てこようかなー」

私とお揃《そろ》いにしようとしてくれる花織が可愛くて嬉しくなる。

背中まである長い栗色《くりいろ》の髪を毎日緩く巻いていて。うちの学校の校則が緩めなのもあって、おしゃれな花織はいつも着けているリボンやネクタイの柄《がら》を変えている。

去年、初めて会って『小若さん、移動教室一緒に行かない?』と声をかけられた時は、こんなに可愛い子がどうして私なんかに話しかけてきてくれるんだろうってすごくびっくりしたけど、花織は『可愛いのに控えめすぎる日詩が気になって』なんて言ってくれたっけ。花織みたいに決して華やかではないけれど、話しているとよく「日詩のピュアさに癒されるわ」と私の頭をわしゃわしゃと撫でてくれるから、そのたんびに花織より身長が低くて良かったと自分の一五五センチという小柄な身長でさえ好きになれて。

「おはよう! 日詩、花織。あ、日詩、冬服じゃ〜ん」

花織と話していたら、同じ仲良しグループの希美《のぞみ》たちもやって来てさらに賑《にぎ》やかになる。

「正直、冬服はまだ暑いと思うんだけど」

「やっぱりそうだよねー」

希美の声に同調する花織。

「日詩暑くないの?」

本日二回目の質問にドキリとする。

「日詩、大丈夫だってさ。ね？」

「う、うんっ」

言えない。

どうして早めに冬服を着たのか、本当の理由はみんなには言えない。

放課後、いつも一目散に向かう場所。

それは、校内にある図書室。一日の中で私が一番楽しみにしている時間だ。

ガラッと扉を開ければ、優しい木の香りが鼻腔《びこう》に触れて、授業で凝り固まった頭をリラックスさせてくれる。

図書室に入ってすぐにお気に入りの席が空いているのを確認してから、その特等席へと向かう。

席のすぐ横にある窓から、校庭に生《お》い茂《しげ》る木々がよく見えて、時折、勉強や読書で疲れた目を癒すには最高なのだ。そして……。もうひとつ。

私が図書室に通うようになった一番の理由。

席に座って目線を先に向ければ、図書室の受付カウンターが見える。カウンターの中にいるのは、図書委員の男子生徒がふたり。

クシャッとした笑顔が特徴的《とくちょうてき》な野々村《ののむら》くんと……。

野々村くんの会話を、彼とは正反対の変化のない表情で聞きながら作業をしている隣の彼。

見つけた瞬間、トクンと胸が鳴った。

同級生の瀬良依咲《せらいさき》くん。

無造作に整えられたダークブラウンヘアに、前髪で少し隠れた切れ長の綺麗な瞳。

一昨日までのスクールシャツ一枚にネクタイだけの夏服でも十分大人びて見えたけど。ブレザーを羽織った今はさらに大人っぽくて遠目から見ているだけでもドキドキが加速する。

今日も格好いいな……。

私が図書室に通う本当の目的。

それは、図書委員の仕事をする彼、瀬良依咲くんをこうして遠くから眺めるため。

瀬良くんからも周りからも怪しまれないように、ちゃんと読書をしたり勉強をしたりしているけど、こんなストーカーチックなことをしているなんて花織や他の友達の誰にもいえない。

私と瀬良くんはクラスが別で、教室は渡り廊下を挟んでいる。なので、こうして図書室の席から眺めている間が、唯一瀬良くんを存分に見られる時間。

それに、瀬良くんは女の子からの人気も高い。そんな彼のことを私が好きだなんてバレたら、身の程知らずだと思われるに決まっているから。

噂によると、瀬良くんは学校で一番可愛いと言われている女の子に告白されても断ったって話だ。理想が高いのか、女の人に興味がないのか、はたまた思い人がいるのか、その真相はわからない。クールな瀬良くんは、自分の話をあまり人にしないタイプらしいし。

告白なんてそんな大それたことをする勇気なんてないし、今はただ、こうして遠くから彼を見られるだけで十分だと思っている。

「依咲、もう冬服かーちょっと早い気もするけどなー。俺はギリギリまでこれ」

受付カウンターから野々村くんの声がしたので、本を読んでいるふりをしながら聞き耳を立てる。

「クラスで冬服なの俺だけだった」

色っぽさを含んだ瀬良くんの声にさらにときめいて。

「だろうなー。まだ暑いもん。冬服の人、まだ依咲以外見てないかも」

「ひとりぐらいいるだろう」

「いやーどうだろうな」

ドクン。

心臓が大きく脈打つ。

途端に体が火照って暑い。私が今日、ブレザーを着て来たのは、昨日、瀬良くんが冬服に衣替えしているのを見たから。

なんの接点もない彼と唯一、共通になれるものだと思ったから。

だけど、好きな人の真似をして衣替えしたなんて、今、冷静に考えたら大分恥ずかしいかも。ますますストーカーみたいだよね。こんな下心がバレたら確実に嫌われちゃうよ。

なんて、今更、身を隠したい気持ちになって、背中を丸くした瞬間。

「あ、」

と言う声が図書室に響いた。

ハッとして顔を上げれば、カウンターにいたふたりとバチッと視線がぶつかった。

え……どうしよう。ふたりの会話を聞いていたのバレちゃったかもしれない。

気まずくてとっさに本で顔を隠して、彼らの視線から逃げる。

「依咲、冬服第二号見つけた」

「おい、指差すな」

「だって。おーい！　そこのブレザー着てる子～」

うぅ……。絶対、私のこと話しているよね。

あたりを見回しても、私以外、ブレザーを着ている女の子はいないわけで。

無視して隣の瀬良くんに感じ悪いと思われても嫌なので、おそるおそる本から顔を覗かせると、再び、ふたりと視線が交わる。

「キミ、こいつとペアルックだね」

「へ……」

野々村くんの言葉に、ボッと顔が熱くなる。きっと今、耳まで真っ赤だ。

ペアルックって、恋人同士がお揃いで服をコーディネートするもので、その……。

突然のことで頭はパニックだ。

瀬良くんの視界に私が映ったことだけでも心臓がうるさいのに。

そんなこと言われたら……。

「久音《くおん》、お前な……。小若さんごめん。こいつが邪魔して」

さほど大きな声でもないのに、すごくよく通る声が、耳に届いた。

「……あ、いえ」

今にも消えそうな声で返事をして、また本で顔を隠す。

今、なにが起こったの？

瀬良くん今、私の名前を呼んだ？

いやいや、聞き間違いかもしれない。そうであって欲しいって願望が、そんな幻聴を聞かせたのかもしれない。

……でも。

彼が私の名前を呼んだかもしれない可能性が一パーセントでもあるなら、それを信じたくて。

制服、冬服にしてよかった……!!

今日、ブレザーを着ていなかったら絶対話しかけられなかったもんね。

そしてありがとう、野々村くん。

誰にも見られないように、本に隠れたまま緩んだ口元を押さえた。

私が瀬良くんを好きになったのは、高校二年に進級してまもない頃。

出会ったあの頃もお互いにブレザーを着ていたっけ。

瀬良くんは絶対覚えていないんだろうけど。

四月。授業で出た課題に使う資料集めのために初めて図書室に来たのがはじまり。

本棚の一番上に置かれた本を取るのに苦戦していたら、

『欲しいの、これであってる？』

そう言って、私の背後から手を伸ばして本を取ってくれたのが瀬良くんだったんだ。

その日から、なんとなく彼が気になるようになって。

行事の時に見つけては目で追ったり、今日みたいに図書室に通って彼の様子を見に来たりして。

目で追っているうちに、瀬良くんのいろんな一面を知って、どんどん好きになっていった。基本的にクールな彼だけど、図書室で同じ図書委員と話している時、ふと、優しく目を細めて笑う表情を見せるし。新入生歓迎球技大会《かんげい》で、彼のクラスメイトの提案でクラス全員が猫耳をつけることになったらしい時も、不服そうな顔をしながらもしっかりつけていて。最初はすごく嫌そうだったけれど、みんなから『可愛い、可愛い』と褒められて、恥ずかしそうに素直に照れたその表情に射抜かれた女子はきっと、私だけじゃなくて。

日に日に好きだという気持ちは強くなっている。

遠くから見られるだけで幸せだなんて言っているけれど、隙あらばどうにかなれたらいいと思っているのが本心で。だから毎日のように図書室に通ったり、格好を被せたりして。

直接、彼に想いを伝える女の子の話を耳にするたびに、堂々としててかっこいいなと思う。同時に羨ましくて。私にもそんな勇気があったら……。

けど、想いを伝えてしまったら、距離がもっともっと遠いものになってしまうんじゃないかと思って怖い。臆病なんだ。

だけど、いつか、もう少し、彼とお近づきになれたりなんかしたら、この想いを伝えられたらなって思っている。だからせめて、あともう少し。

「え……」

数日後。その光景を見て思わず声が出た。

衣替えの移行期間も終わり、周りのブレザー姿にも慣れて来た頃。

事件は突然起こった。

放課後、図書室で読書を終えてから校舎を出て校門を出ようとした時。

瀬良くんが、年上の女の人と話しているのを目撃してしまった。

「サーキっ」

「学校には来るなって言ったよな」

「通《とお》ったらたまたまサキがいたから声かけただけじゃーん！」

瀬良くんの腕に手を絡めてそう言う女の人。

流行りの、抜け感のある優しいミルクティーカラーのロングヘアは緩く巻かれて。

スラっとした抜群のスタイルと小さな顔にぱっちりした二重。

品と色気を醸《かも》し出していながら、その笑顔は無邪気さも含んでいて。男女問わず好かれるであろうタイプの可愛らしい女性。

「ったく……」

ふたりのかなり親しげな雰囲気からすぐに嫌な予感がした。

「フフッ、それにしても、やっぱりサキが一番イケメンだね～」

甘い声でさらに瀬良くんにギュッとくっついて。

「本当やめろ。その呼び方も」

「えー恥ずかしがってるの？」

「当たり前だろ。人に見られてる。ほらもう行くぞ」

「はいはいっ」

困ったような顔をしながらも、女の人の手を引く瀬良くんの手つきがすごく優しくて。

「ていうか、帆波《ほなみ》、今日バイトだって言ってなかった？」

「あぁ、うん。なんかね、明日と入れ替えになった」

「ふーん」

ふたりのやりとりをうしろから見ながら、強い力で握られたように心臓が痛くて、苦しくて。

その間にふたりの背中が見えなくなった。

「あれって、依咲くんの彼女さん？」

「どー見てもそうでしょ、あの雰囲気」

「すっごい美人さんだったね－」

「えー地味に依咲くんのファンだったからショックー」

どこからか聞こえる女子たちの会話がさらに私の痛みを煽る。

やっぱり、彼女さん、なんだ。一目瞭然《いちもくりょうぜん》だよね。あんなの。

「最近年上の彼女ができたって噂本当だったんだな～」

「やるなー依咲」

今度は別のところから男子たちのそんな話し声も聞こえて。

嘘。知らない。そんな噂。

彼女はいないって……。

信じていたそれも所詮は噂話。

本人から聞いた訳ではない噂話でしか彼の情報を知ることができない自分に対して

も惨《みじ》めな気持ちになる。あんなの見せられたら、認めるしかないじゃん……。

瀬良くんが他の男の子と違ってやけに大人っぽいのも納得できてしまう。

あんなに綺麗な年上の彼女さんがいたら、そりゃそうだ。

私みたいなのなんて特に子供みたいにしか見えないだろう。

恋愛対象になんて無理だ。

せっかく、ほんの少しだけど最近話すことができてうれしくなっていたのに。

あのふたりだけまるで特別に切り取られているかのように世界が違っていた。完全にふたりだけの世界だった。『帆波』そう彼女のことを優しく呼んでいたのを思い出して、帰り道、泣きそうになるのをグッと堪える。

今、気がついた。

自分が思っていた以上に、私は瀬良くんのことが好きだったんだと。

「……なた、ひーなーたー！」

「あっ……えっと、なに？」

花織の声ではっとして、今がお昼休みで花織たちと話していたことを思い出す。

「なに？じゃないわよ。今日の放課後、久しぶりにみんなでカラオケに行きたいって話」

「あぁ、そうだったね。うん。いいと思うっ」

「いや、いいと思うって……。日詩はいつも図書室に行ってるでしょ？　日詩が本読むの好きなの知ってるから、その時間、いいのかなって」

「え、あ……全然！　お家にいてもお母さんが手伝いしろってうるさいし、だから図書室に逃げてるようなもんなの。だから全然大丈夫！　むしろみんなと久しぶりにはしゃぎたい！」

必死に並べる嘘に心が痛む。

ごめんねママ。花織。

「そっか、じゃあ放課後決まりね。なに歌うかリストアップしときなね～」

希美の声にみんなが楽しそうな声をあげてから、ちょうど予鈴が鳴った。

よかった。タイミングよく花織たちが誘ってくれて。

正直、もう図書室には通えないと思っていたから。

瀬良くんに大切な人がいるとわかってしまった以上、どうにかなりたいなんて思うのは良くないもんね。

高校生になって初めて人を好きになって。だけど、なにも進展しないで終わってしまったな。いや、私みたいなのが、あの時少しでもあの人気者の瀬良くんと話せたのが奇跡《きせき》だったのかも。

忘れる、諦める、努力をしよう。

そう決意しながら、授業の準備を始めた。


「希美——!」

「センキュー! センキュー!」

あっという間にやって来た放課後。

カラオケについてまだ十分も経っていないけれど、みんな、学校の数十倍盛り上がって歌っている。

特に希美と花織がおかしいぐらい元気で。

希美がどこかのアーティストのモノマネを交えながら歌を歌えば、花織がタンバリンを持ってまるで客席で熱狂するファンのように彼女の名前を呼んで。

ふたりを眺めているだけで、自然と顔が綻《ほころ》ぶ。

「あぁ、久しぶりに熱唱したわー。よし、じゃあちょっと休憩」

希美がマイクを置いてメロンソーダを飲んでから、向かいのソファに腰を下ろした。

「で？　日詩、なんかあった？」

「えっ……」

私の隣にポンっと座った花織が心配そうな顔をして私をまっすぐ見る。

まさか、そんなふうに話を振られるなんて思ってもみなかったから。

「えっ……って！　明らかに最近様子おかしいじゃん？」

今度は希美がそう言うので、驚きのあまり思うように声が出なくて、代わりに目を見開いたまま瞳をキョロキョロと動かしてみんなを交互に見つめることしかできない。

「日詩に少しでも元気出してもらいたいねって話してて。だから今日、日詩のこと誘ったの」

再び隣の花織がそう話す。

「そうだったんだ……」

まさか、この会が私のためだったなんて。しかも、嘘までついてごまかせているつもりだったのに、落ち込んでいることがバレているなんて。結局みんなに心配かけてしまっている自分に呆れてしまう。しかも、その原因が失恋なんて、恥ずかしい。

「なんかあったなら、うちらでよかったら相談に乗るし」

同じグループのもうひとり、渚《なぎさ》ちゃんもそう言ってくれる。

「それとも、私ら頼りないかな？ 日詩あんまり私たちに自分の話してくれないもんね」

「そ、そんなことないよ！」

希美の声に慌ててそう答える。

みんなのこと、ずっと大好きだ。

可愛くて、おしゃれで、それなのに気取ってなくて面白くて。

みんなの前だと自然と笑顔になれる。今だってそうだ。瀬良くんのことで気分がどんよりしていたけど、ちゃんと笑えてた。ただ、身の程知らずの恋をしていると知られてどう思われるかが少し怖かったから。私はみんなと違って華やかではないから。

だけど、今は……こんなふうに集まってくれてまで私を心配してくれたのかと思うと嬉しくて。

真剣な表情のみんなを見ると、自然とこの人たちにだったら素直な気持ちをちゃんと話したいって思いが溢れて。

「……えっと、」

小さく息を吸って声を出せば、みんなが私のことを優しく、そしてまっすぐな瞳で見つめていて。

すごく恥ずかしいけれど、勇気を出して、みんなに話をした。

瀬良くんのことが好きなこと、でも、この間、彼女さんらしき人といるのを見たこと、そのことに落ち込んでいること。忘れたいけれどなかなか簡単には忘れられないこと。

花織も希美も他のみんなも、最後まで私の話を遮ることなく聞いてくれて。話し終えた後、緊張でカラカラに渇いていた喉にウーロン茶を流し込んだ。

「ありがとう、日詩。話してくれて」

「花織……」

「落ち込んでるところ悪いけど、日詩がこうやって話してくれたのすっごい嬉しいよ」

「うん！　いや、瀬良依咲が羨ましいわ！　日詩にこんな可愛い顔させるんだもんな」

「えっ」

希美の言葉に、今自分はどんな顔をしていたんだと恥ずかしくなる。

「けど、たしかに、瀬良くんには年上の彼女がいるって話聞いたことあるかも」

渚ちゃんのセリフに、やっぱり、と肩をすくめる。

「ちょっと渚〜空気読めよ渚〜」

「いや、ごめ、つい、」

「ついってなんだよ渚〜」

渚ちゃんを半分からかうように詰め寄る希美がおかしくて思わず吹き出してしまう。

私の話をしても変わらずいつも通りなみんなに安心して。

話したところで、瀬良くんとの関係が変わる訳ではないけれど、みんなに打ち明けてから、だいぶ心が軽くなっている気がして。

話すだけでもこんなに変わるんだな……。

「ていうか、結婚してるわけじゃないんだから、奪いに行ってもいいと思うな」

「え、ちょ、花織？」

「まぁ、そうだよね。だから不思議で。日詩がもう終わったみたいに話してるの」

「え、いや、ちょっと、え？」

みんながなにを言っているのかよくわからない。

「彼女さんがいるってことは失恋確定でしょ？　奪うって、なに？

「彼女がいる前提で近づいて告白してそれでもなびかなかったらそこで初めて失恋よ」

「な、なるほど？」

「まぁ、だから、そんなに早く失恋したって決めつけることないって。毎日図書室通うぐらい、同じタイミングで衣替えするぐらい、好きなんでしょ！」

ん？　花織の言葉に身体が一時停止する。今、なんて？

「あの、花織……」

「あのね、日詩、あんたはわかりやすいよ」

「嘘でしょ……」

まさか、全部、バレていたの？　衝撃の事実に身体中が火照ってクラクラする。

制服のことまでバレていたなんて、穴があったら入りたい。ううん、自分で穴掘って隠れるよ。

「日詩がなにも言わないんだから言えるわけないでしょ？　フフッ」

マジですか……。

「よし！　とりあえず今は歌おう！　歌ってすっきりしよう！　対策はこれからだ！」

そんな希美の掛け声で、みんなが「そうだそうだ」と立ち上がり、座ったままの私は花織に手を引かれてソファから身体が離れて。

「ほら、日詩。今日は歌うよ！」

そう言われて渡されたマイクを持って大きく息を吸ってから、私は意を決して声を出した。今流行りの恋愛ソングが、今の私の気持ちとリンクして。あんまり感情移入をして歌ってしまうと今にも泣き出しそうだから、そんな気持ちを紛らわそうとみんなの顔を見れば、優しい笑顔で笑ってくれるから。さらに泣きそうになってしまったのは秘密だ。

それから声が掠《かす》れるくらいまでたくさん歌ったあとは、みんなで帰りにファミレスでハンバーグを食べながら恋バナ大会が炸裂《さくれつ》して。今まで以上にみんなのことを知れて仲良くなれた気がして嬉しくて。

みんながいてくれて、話ができて本当によかったと思った。

翌日。

昨日のみんなのおかげで、だいぶ元気にはなれたけど、教科書を広げた瞬間や授業の移動中に図書室を見かけたりするたびに、瀬良くんのことを思い出しては心の中でため息をついている。

みんなは恋人がいても関係ないって言って励ましてくれたけど、やっぱりいい気持ちはしないし。彼女さんの気持ちを考えて同じ立場になったのを想像した時、大好きな彼を奪おうとする人なんて絶対に嫌だもん。

はぁ……やっぱり、諦めるしかないのかな。

一日中、瀬良くんのことを考えていたらお昼休みはあっという間にきて。

グループのみんなは委員会やら部活のミーティングやらで早く化学室を出ていったから、私はとぼとぼとひとりで筆記用具を持って教室へと向かう。

花織たちがいればみんなの会話に集中できるようになったけれど、ひとりになった瞬間、全然ダメだ。

授業だって未だに身が入らないし。ダメだな……人を好きになるだけでこんなに自分が変わってしまうなんて。

今日の放課後、どうしようか。図書室、もう通わない方が、いいよね……。そう思いながら廊下の角を曲がろうとした瞬間だった。

——ドンッ。

「わっ、ごめ——」

「っ、」

うつむいていたせいもあって、前からやってきた男子生徒とぶつかってしまった。

こちらもすぐに謝ろうと顔を上げたけど、目の前に現れた人物に思わず息をのんだ。

嘘でしょ……なんで、こんなところで……。

視界いっぱいに、大好きな人の顔と、初めてかいだ彼の爽やかな香り。

一気に心臓がうるさく音をたてる。心の準備だってもちろん全然していない。

とても一瞬のことで、どうしていいかわからず、とにかくパニックで、気づいた時には身体のバランスが崩れてしまって……。

「わっ……！」

足が床から離れて、身体がうしろに倒れそうになる。

ど、どうしようっ‼

思わずギュッと目を瞑った。

あぁ、最悪だ。

会うなら、最後ぐらい、ちゃんといつもよりも可愛くして、いい香りで、会いたかったのに。どうしてこんな……かっこ悪い姿で……。

「危なっ」

いつもの柔らかな彼の声と違った、初めて聞く少し張り上げた声がしたのと同時に、私の身体は完全に床に落ち、ドンッと鈍《にぶ》い音が響いた。

あれ……？

勢いよく倒れたはずなのに、不思議と身体のどこも痛くなくて、痛みの代わりに、シトラスの香りが私の身体全部を包み込んでいた。

そして、唇に触れている違和感。

恐る恐るゆっくりとまぶたを開ける。

えっ……。

今まで男の子とこんなにも至近距離になったことなんてない。鼻もしっかりと触れている距離。

これって……。

綺麗な顔がこんなにも近くにあって、唇が痺《しび》れるみたいに熱くて。

「あっ……ご、ごめんっ！」

そう言ってとっさに身体を離したのは、彼の方。

正真正銘《しょうしんしょうめい》、私の好きな男の子、瀬良依咲くんだ。

今、瀬良くんと一瞬でも密着していたのかと思うと、顔も身体も汗が吹き出すくらい熱くなって、耳の先まで真っ赤になっていくのがわかる。

チラッと瀬良くんを見れば、唇に手を当てていて。

やっぱり、さっき唇になにか当たった感覚って……。さらに全身が熱を帯びてすぐに彼から目を逸らす。

「えっと、大丈夫？　怪我、ない？」

どうしよう。全然顔が見れない。今、瀬良くんがどんな顔をしているのか怖くて見られない。床に座ったままプリーツスカートをギュッと握る。

「小若、さん？」

「だ、大丈夫です！　はい！　すみませんでしたっ！」

柔らかな声で名前を呼ばれた気がしたけれど、もうなにも考えられなくて。

ガバッと勢いよく立ち上がった私は、まだそこに座ったままの瀬良くんを置いて彼の横を通り過ぎるようにその場を後にした。


「はあ……はあ……」

走っちゃいけない廊下をできるだけ早歩きで。

急ぎ足と、さっきの出来事が脳内で再生されることで、心拍数がどんどん上がる。

どうしようどうしようどうしよう。

私、今、瀬良くんと……キ……ううん。浮かれるな私。そう呼んではいけない。あれはただの事故なんだ。恋人がいる相手。本当なら起きては絶対にいけないこと。大切な人がいる人とたとえ事故だとしても触れてしまった私の罪は大きい。しかも、瀬良くんに片想いしている私だ。もし私が彼女さんの立場ならこんなこと絶対に嫌だもん。

どうしよう……。こんなこと、さすがに自分の口からみんなに相談なんて絶対にできないし。みんな絶対私を傷つけないように優しい言葉をかけてくれる。

でもしょっちゅう甘えていてもダメだとわかっているから。

それに……。

全然焦っていなかったな、瀬良くん。

唇が当たったことは気づいていたみたいだけど、私みたいにあからさまな動揺はしていないように見えた。

改めて、大人だったなと思う。そして、いかに自分だけが彼を意識していたのかを痛感して、苦しい。さすが、年上の彼女がいるだけのことある。

もう完全に、図書室に通うことはできなくなってしまった。

見納めだとわかっていたら、瀬良くんが彼女さんといるのを目撃する前にもっと彼のことを見ていたのに。しかも最悪な印象を残してしまったまま、私の初恋は終わってしまった。

あれから一週間。

「小若さん、ちょっといい？」

図書室に通わない毎日にも少しずつ慣れてきて、今日もまっすぐ家に帰ろうと机の引き出しにあるものを鞄に片付けていると、クラスメイトの佐藤《さとう》さんに声をかけられた。あまり話したことはない子だけど、図書委員の彼女のことはよく放課後見かけていた。

一体どうしたんだろう。

「あの、小若さんが前に借りた本、返却《へんきゃく》期限だいぶ過ぎているみたいなの」

「えっ！　嘘っ」

急いで鞄の中を見れば、佐藤さんの言う通り、前に借りた本が入れっぱなしになっている。しおり代わりに挟んでいた、返却期限が書かれた紙には、今日から一週間も過ぎた日付が記されていた。

うわ……本当だ。瀬良くんのことで存在をすっかり忘れてしまっていた。

「ほんっとうにごめんなさいっ！」

「ううん、いいのいいの！　ちゃんと本があってよかった。ほらそのまま無くしちゃったって人も時々いるからさ。本当はこのまま私が返しに行きたいんだけど、今日ちょっと立て込んでてさー」

「いや！　そんな！　私が忘れたんだから、自分でちゃんと返すよ！　気を遣わせてごめんね。忙しいのにありがとう！」

私がそういえば、佐藤さんは「じゃあ悪いけどよろしくね」と言ってすぐに教室を出ていった。

「日詩、大丈夫？　ずっと図書室行くの避けてたのに」

一部始終を見ていて心配してくれた花織が声をかけてくる。

「うん、もうだいぶ、その……ハハッ」

「全然大丈夫じゃなさそうだけどな」

そんな希望の声にドキッとして。

「一緒に行ってあげようか？」

優しい花織に泣きそうになる。けど、もう自分のことは自分でなんとかしなきゃって思うから。みんなにはあの日、たくさん助けてもらったから。

「ううん、大丈夫！　自分で行く！」

そう言ってスマホのロック画面に目を向ける。

今日は金曜日。瀬良くんの担当曜日ではなかったはず。返してすぐに帰ればいい。そうだ。それにあれを気にしてるのは私だけだった。瀬良くんがいたとしても私とのことなんて忘れているに決まってる。自分で言ってて悲しくなるけれど。

「じゃあ、日詩頑張ってね」

「うん、ありがとうみんな。行ってくる」

みんなにそう言って手を振って。本を片手に図書室へと向かった。

「ふう……」

図書室の扉の前に着いて一呼吸置く。

大丈夫って言ったけど、いざ目の前にすると怖いな。瀬良くんはいないってわかっているけれど、もうこの場所自体が、私の恋の思い出だから。ここで見てきた彼をすぐに思い出せてしまう。いや、もう今日で最後だから。本人にはなにも言えないとしても、素敵な思い出を作ってくれたこの場所ぐらいにはありがとうって伝えなくちゃね。

そう思いながら、ほかの教室よりも少し重たい扉をゆっくりと開けた。

「えっ……」

なんで。目に飛び込んできた光景に思わず固まってしまった。

受付にいるダークブラウンヘアの男の子。見間違えるわけがない。ずっと見ていた横顔なんだから。

なんで? いや、そういえば、瀬良くん、よくほかの図書委員の代わりに入ってることもあったけれど。なんで、今日に限って⁉

開けた扉の前で、どうしようかと挙動不審になっていると、「あっ」とそんな声が聞こえて、条件反射で声のする方へと目線を動かせば、バチッと視線が交わった。なんてことだ……。

「小若さん」

トクン。

名前を呼ばれて、心臓が跳ねる。

もうその声が幻聴なんかじゃないとわかる。何度も呼ばれた。確実に彼は私の名前を覚えていてくれているんだ。

「す、すみません、返却期限過ぎちゃって……」

顔を下にしたまま受付へと向かってそう言う。

ダメだ、気にしないとか普通のふりとかできるわけがない。私、あなたのことが好きなんだもん。今までに抱いたことのない緊張のなか、カウンターに、返却する本と自分の図書カードを出す。

「よかった。最近全然顔出さないから心配してたんだよ」

「えっ……」

まさかいつも通ってることを彼に認知されているとは思わなくてびっくりして顔を上げる。

「小若日詩さん、ごめんね。この間の」

「あっ、いや、全然っ」

そう言いながらブンブンと首を横に振る。

あれは完全に私の不注意だ。瀬良くんは悪くない。

ただ、いったいなにに対してのごめんなのかは気になってしまう。

ぶつかってしまったこと？　それとも……。あの時唇に触れたそれを思い出してひとりでぼっと赤くなる。

それに、まさかフルネームを呼ばれるとは予想外で。驚きで目をパチパチさせているとあるものに目がとまった。

あ、そうか。

自分の図書カードのバーコードを瀬良くんがスキャンしているのを見て納得した。図書委員だから、そりゃ本を毎日借りる人の名前はいやでも覚えちゃうよね。こうやって何度も受付で確認するんだから。そっか、そっか。

瀬良くんが私を少しでも意識していたから名前を覚えてもらえていたんじゃない。単純に常連さんとして何度も来るからで、私が瀬良くんのフルネームやクラスを知ろうとしていたのとはわけが違う。

そう考えるとなおさら、私を意識していない瀬良くんはあのことなんてなんとも思っていないに決まっている。というか、大迷惑だよね。

「あの、本当に、この間は私の不注意でご迷惑をおかけして……あっ、」

そう謝ろうとして、彼の手首に目がいった。

手首に巻かれた肌の色に近い湿布《しっぷ》。

「あの、それ……もしかしてこの間、私を庇《かば》った時の？」

たしか右手を私の後頭部に回してくれてそのおかげで頭を打たなくて済んだんだ。

もしかしてそのせいで……。

「ん。でも全然大したことないよ。だいぶ治りかけだし平気」

うわ……やっぱり私のせいじゃん。

「ほ、ほんっとうにごめんなさい！　ボーッとしてたばっかりにっ！」

最悪だ。好きな人のことで悩んでその本人を怪我《けが》させるなんて。

「いやいや、俺が勝手にやったことだから。謝らないで。小若さんに怪我なくて本当に良かったよ」

「でも……」

図書委員が地味に体力仕事なことは、ここに通うようになってよくわかっている。

いつも何冊もの本をいっぺんに持ったまま本を片づけていて。落ち着いた図書室の雰囲気とは裏腹に少々忙しないなって。でもそれを、他の生徒の気を散らさないように目立たないように仕事をこなしているんだ。瀬良くんは特にそうで、そんなところがさらに好きだったりして。

「……あの、なにか、私がお手伝いできることが有れば、言ってくださいっ‼」

「えっ？」

「私を庇ったことでできた怪我なのは事実だし、このままだと気がおさまらないというか……」

自分で言い出しながら、なにを言ってるんだって思う。ありがた迷惑じゃないかって。でも、いてもたってもいられないのも事実で。私の言葉を聞いた瀬良くんが少し考えた顔をする。

「……」

うっ……。この間《ま》、すごくドキドキするな。好きだと口に出して告白したわけではないのに、まるでその返事を待っているかのような。

「じゃあ、お言葉に甘えて」

「えっ」

ハッと顔をあげれば、瀬良くんがほんの少し口角を上げていた。

「そこにある返却カートの本を片付けるの、手伝ってくれるかな？」

「は、はいっ！」

よ、よかった〜〜！

って。勢いで言ってしまったけど、瀬良くんとふたりきりで作業なんて本当に大丈夫？

次から次へと新しい緊張に心臓が追いつかない。いや自分で言い出したことなんだけど!!

受付カウンターから出て返却カートを引きながらテクテクと本棚に向かう瀬良くんの後について歩く。

「良かった」

「えっ？」

ピタッと一番奥の本棚で足を止めた瀬良くんの声に反応する。

「いや、この間のことで小若さんに嫌われたと思ったから。逃げられたしここにも来なくなってたから」

「……き、嫌うなんてとんでもないっ！」

思わず大きな声で返してしまって、周りの生徒たちの目線がこちらに注目する。

「あ、ご、ごめんなさい」

「ううん。ありがとう。……良かった。嫌われてなくて。嬉しい」

「へっ……」

う、嬉しい？　彼女がいながらそういうことを言うのはどうなんだろうか。そう思いながらもずっとドキドキしている私も私だけれど。どこか常に余裕そうで大人びた瀬良くんの気持ちがなかなか読めなくてうずうずする。

「あ、ごめん。自己紹介《しょうかい》してなかったね。俺、瀬良依咲っていいます」

「へっ？」

突然の瀬良くんの自己紹介に思わず変な声が出る。

「あ、いや、よく考えたら俺たちちゃんと話したことないよなって。俺は受付の時に名前確認するからよく覚えているけど、」

瀬良くんのセリフにチクチクッと心臓に小さな針が刺さるような感覚。やっぱり、覚えてないよね、あの時私と話したことなんて。

「……あるよ、」

一気に虚しさが襲ってきてボソッと勝手に声が漏れる。

「ん？」

『欲しいの、これであってる？』

『はい、どうぞ』

あの日、棚から本を取ってくれて親切にそう声をかけてくれたのを鮮明に覚えている。けどそれは、私だけなんだ。

「瀬良くんのことは知っているよ。もうずっと前から。話したことだって実は、あるの、」

「……は、なんだ。あの時のこと覚えてくれてたんだ」

「えっ？」

思いがけない彼の言葉に、声が詰まる。

「ごめん。試すみたいなことして」

さらに私の頭の上にははてなマークだ。試すって、なにを？

「俺だけ覚えてたら恥ずかしいなと思って。わざとあんな言い方してしまった」

「……」

恥ずかしくて？　わざと？　それって、瀬良くんも本当は私と初めて図書室で会った日のことを覚えていたってこと?

「懐かしいな、ここ」

そう言われて正面に立つ本棚を見上げれば、ここは私と瀬良くんが初めて話した場所だった。

緊張しすぎて、言われるまで全然気がつかなかった。

「あの時、小若さんにひどいことしちゃって」

「え? ひどいこと?」

「一生懸命背伸びして手を伸ばしてるうしろ姿があんまり可愛かったから、少しの間、うしろから見入っちゃって」

「えっ!?」

『可愛い』って。そんなことサラッと簡単に言わないでほしい。特に、瀬良くんには彼女さんという心に決めた人がいるはずなんだから。

「ごめん、ほんと」

瀬良くんはそう謝るけど、ククッと肩を震わせて、まるでその時の様子を思い出して笑っているかのよう。

「あのさ、小若さん」

優しく名前を呼ばれて肩に彼の手が触れる。

苦しい。でも。いけないことのような気がしたから。

「……ダメだよ、瀬良くん。彼女さんがいるのに、そうじゃない子に簡単に『可愛い』なんて言ったら。冗談でも。私が彼女さんの立場なら悲しい」

「……」

そう言って軽く彼の手を振りほどいてから、移動式の返却カートに置かれた本を片付けるのを再開する。

本当は嬉しいと思っている自分がいる。瀬良くんと話せて、覚えてもらっていて、可愛いなんて言われて。

けど、瀬良くんに大切な人がいるとわかっている以上、私のこの気持ちは、瀬良くんにとっても彼女さんにとっても迷惑でしかなくて。叶《かな》わない恋なら、せめて好きな人が好きな人と幸せになれることを願いたい。応援できるようになりたいから。最後ぐらい自分がかっこいいと思える人になりたい。

正直、今はそういうことを願ったり応援する余裕はないけれど、それでもいつかそれが本当になれたら、私はそんな自分を好きになれると思うから。もっと自信を持って新しい恋に進むこともできるかもしれないから。泣きそうなのを紛らわすように、背伸びをして、届くか届かないかギリギリの一番上の棚に本を戻そうとした瞬間。

「……俺、彼女なんていないよ」

「えっ、……わっ！」

思ってもみなかった瀬良くんの言葉に動揺して、本を持っていた手の力が抜けて落としそうになった。けれど、それを瀬良くんが私のうしろからうまくキャッチして、そのまま本棚に戻してくれた。

距離が一気に急接近。

私の心臓のドキドキが彼に聞こえちゃうんじゃないかってぐらい。

「あ、あの、ありがと……」

顔だけ向けてすぐうしろに立つ彼にお礼を言う。

この体勢……まるであの日みたいだ。

「好きな人はいるけど」

耳元でささやくようにそう言われてドキッと心臓が跳ねる。彼の好きな人なんて決まってる。自分のことを好きではないとわかりきっているのに、この状況に胸はずっとうるさくて。悲しさとドキドキでぐちゃぐちゃだ。おかしくなってしまいそう。

「っ、だから、それがっ……私、見たよ。大学生ぐらいの美人さんと瀬良くんが一緒にいるの」

とっても仲が良さそうで。お互いがお互いを理解し合ってるってそんな雰囲気。

「大学生？　……あ〜……っ多分それ、俺の姉貴」

へ⁉

「え、お、お姉さん？」

あまりの驚きで声が大きくなる。

「昔から極度のブラコンなんだよね。俺だけじゃなく妹のことも溺愛してて。学校には来ないように口酸っぱく言ってるんだけど、最近はしょっちゅう顔出してくるから困ってて。あの、だから気にしないで」

「……お姉、さん、」

てっきり、彼女さんなんだと思っていた。まさかお姉さんだったなんて。

言われてみれば、どっちも美男美女だし、お似合いだと思ったのは兄弟特有の雰囲気がそう思わせたのかな。

けど今、瀬良くんは好きな人がいると告白してくれた。てことはどっちにしろ私にチャンスなんてないわけで……。

「と、とにかく、それでも瀬良くんに好きな子がいるのは変わらないんだからっ、こうやって近づいたりするのは、その子限定じゃなきゃダメだってことで……」

瀬良くんと話せて近づけてものすごく嬉しくて夢みたいなのに、気持ちとは正反対なことを言う自分が、自分でもよくわからない。けど、期待して落ちるのはもう怖いから。

「……なら、俺なにも間違ったことしてないよ？」

「へっ……」

「俺のこと見て。小若さん」

瀬良くんの細くて綺麗な指が顎に添えられて、身体ごと瀬良くんの方を向く体勢に。

「っ、」

「俺はこういうこと、小若さんのことが好きだからしている。俺のこと男として意識してほしくて。小若さん限定だよ。それでもダメ？　なにか間違ってる？」

「嘘……」

彼の綺麗な口元から発せられる言葉が信じられなくて、口をパクパクさせてしまう。

これは夢……なのでしょうか。今、瀬良くんが、私のこと……。

「嘘なんかじゃないよ、俺はあの時からずっと小若日詩さんのことが好き。もともと姉と妹がいるから女子への憧れとか幻想とかそういうの全然なくて、自分でも冷めてるタイプだなって思ってた。だけど、小若さんのこと見てると、自然と守りたいなって思えて。他の子と違うなって思った。誰が落としたかわからないゴミに気づいて拾って捨てていたり、行事もいつも一生懸命で楽しそうに笑顔で。俺にないものをたくさん持ってるなって。それからずっと気になって目で追っていた。だけど目が合いそうと思っても必ずそらされるし」

「それは……」

それは、瀬良くんと目が合ったら私が見てることバレちゃうから。必死に目をそらしていた、その自覚はものすごくある。まさか、まさか、憧れの瀬良くんが私のことを見ていてくれたなんて。信じられない。

顎に触れていた彼の手が今度は私の耳元に触れて。くすぐったくて恥ずかしくて、どこに目を向けていいのかわからない。極度の緊張とドキドキで身体のあちこちの感覚が麻痺《まひ》していくみたいな。

「この間、たまたま小若さんとぶつかって、話すきっかけができて。チャンスだって思ったのに、すぐに逃げられたから」

「……だってっ」

そりゃあんなのどんな顔していいかわからないに決まってる。

「あの時のキス、少しは意識してくれた？」

そう聞く瀬良くんの耳がなんとなく赤く見えたのは気のせいなのかもしれない。

ずるいよ、そんな恥ずかしいことをサラッというなんて。

「っ、あれは、事故でっ！　キ、キス、なんかじゃっ、」

慌てて声を発した瞬間、本棚の先の方から人の話し声がしてきた。

「この間のテストやばくてさー」

「俺も～」

人が通ったのを確認した瀬良くんが、唇に人さし指を当てて「シー」のポーズをしてさらに顔を近づけてきた。お互いの鼻がぶつかりそうな。この間のそれがフラッシュバックする。

「……そっか。じゃあ、質問の仕方変えるね。小若さんは俺のことどう思ってるの？　ここで俺のことよく見てるけど」

「っ⁉　そ、それは、」

嘘でしょ……。本人に、バレていた？　私が瀬良くんを見ていたこと。

『あのね、日詩、あんたはわかりやすいよ』

いつか花織に言われた言葉を思い出す。顔が熱い。

なんだ、全部、バレていた。だったらもう、隠すことなんてなにもない。

心臓は史上最高にうるさくて。意を決して、小さく呼吸をすれば喉の奥が震える。

「……私も、ここで瀬良くんと初めて話した時から……瀬良くんのこと気になって、見て、ました」

「うん」

開き直ろうとしてもいざ口に出すと恥ずかしさは最高潮で。優しい相槌だけを打つ瀬良くんはずるい。あんなに目で追って毎日見ていたけど、今日初めて知った瀬良くんのもうひとつの顔。ほんの少し意地悪だ。壊れちゃうんじゃないかってぐらい心臓がバクバクとうるさい。

「そ、それから……それから……私、瀬良くんのことが……」

「ストップ」

「へっ」

両頬を優しく大きな手で包まれて、それ以上話すのを止められた。

「ここからは俺の番」

そう言った瀬良くんが手を私の肩に移動させて続きを話す。

「……ここで初めて会った時から、ずっと小若さんのことが好きでした。俺と付き合ってくれませんか?」

「うっ……」

我慢していた涙が溢れて止まらない。

もうおしまいだと、終わりにしなきゃいけないと思っていた恋が。まさか、叶うことになるなんて。

「ド、ドッキリですか……」

「フハッ、なんで信じてくれないの」

豪快に吹き出す瀬良くんなんて、初めて見て不覚にもキュンとして。

クールな表情も大好きだけれど、こっちも素敵すぎるよ。

「だって、瀬良くんが私のこと好きだなんてっ」

「これでも信じてくれない？」

そう言った瀬良くんが、私の手を掴んで自分の胸に当てた。

ドキドキドキドキと速く鳴る彼の心臓の音。

「あっ……」

「どう？」

「私と同じだ」

「フッ、なにそれ。恥ずかしいのと嬉しいのでかなりヤバいね。小若さんもこんなにドキドキしてくれてんだ？」

「……うんっ、」

「うんって……本当ずるいな、小若さん」

それはどう考えてもこっちのセリフだ。

「可愛すぎるからやめてよね。信じてくれた？」

彼の問いにコクンと頷く。まだまだ全然夢を見ている気分だけれど。

「それで、返事、聞かせてくれる？」

「……はいっ、よろしくお願いしますっ。私もずっと瀬良くんが好きでした……！」

「はい、よくできました。これからよろしくね、日詩」

ひ、日詩⁉

不意打ちで名前を呼ばれてボッと顔が火照る。

「ちょ、あの……」

「もう逃さないよ。……今度は事故になんてしないから」

瀬良くんは笑みを含んだ意地悪な声で囁くように言うと、ふたたび私の頬を両手で包み込んでから、お互いの熱を分け合うような、とても甘いキスをした。

Fin.

とびきり甘くて悪いカオ。

柊乃

みんなが知らない
キミの甘さも、悪さも
この先ずっと、私以外には見せないで。

キミに彼女ができるまで

「瑠奈《るな》ちゃーん。今日の小テスト難しかったね、僕詰んだ！　慰めて！」

放課後、他のクラスメイトが誰もいなくなった教室にて。

抱き着く勢いで近寄ってきた人物を、体を傾けてさらりとかわした。めいっぱい広げられた腕が空を切る。

すると、相手はぽかんとした顔をしたのち、口元をきゅっと結んで、不満げな表情を私に向けるんだ。これはお決まりの流れだから、いちいち見なくたってわかる。

「あーあ。くっつくのくらい許してくれたっていいのに」

「依吹《いぶき》くんは、すぐ人に抱きつく癖を早く直したほうがいいと思うよ？」

このやりとりも、何度繰《く》り返したかわからない。

「瑠奈ちゃんって、そっけないよねぇ。そういうとこが好きなんだけど」

わざとらしい長いため息を吐きながら、私の隣の席に腰を下ろす。

これもいつものこと。

次はきっと、机をこっちにくっつけて、肩が触れるくらいに距離を詰めてくるはず。

「瑠奈ちゃんは小テストできた？」

こつん。机と机がぶつかる音がした。

直後、本を読む私の邪魔をするように、柔らかそうな黒髪が視界に入りこんでくる。

……やっぱり。

しおりを挟み、しかたなく、といったふうを装って文庫本を閉じた。

「私もあんまり解けなかった……」

「あれで記述式は鬼畜《きちく》すぎ。せめて選択問題にしてほしかったよねー」

「でもそんなこと言って。依吹くんはいつも成績いいじゃん」

「だって、赤点とか取ったら父さんに怒られる。……僕一応、矢代《やしろ》家の次男だ、し」

瞼が伏せられ、長い睫毛《まつげ》が頬に影を落とす。

依吹くんは大手リゾート会社・矢代グループの息子。会社を継ぐことはなくても、家の品位を落とさないようにと、そのあたりは厳しく言いつけられているみたいだ。

依吹くんと家が近い子の話によれば、依吹くんは中学三年間は、学年首位を常にキープしていたらしい。高校に入ってからも常に三位以内の順位を保っていたように思う。三位以内の人はほんの数点の差だから、依吹くんもほぼトップのようなものだ。対して私は、派手なタイプでは決してないけれど、気が合う友達はいて、毎日それなりに学校生活を楽しんでいる……地味寄りの普通女。

そんな私たちは、ちょっと理由があって放課後の教室に残っている。

「僕もっと成績よくなんないとだめだー」

「私からすれば、十分すぎるくらいすごいよ……？」

「ほんとっ？　瑠奈ちゃんがそう思ってくれるなら、もうそれだけでいいや」

にこっと笑ったかと思えば、私の肩に頭を乗せてくるからびっくりする。

ちょ、近いよ……っ。

ドキン！と心臓が跳ね上がった瞬間から、ちっとも冷静じゃいられなくなる。

「い、依吹くん、はな……離れてもらっても、いい、かな」

「やだ。ちょっとくらい甘えさせてよー」

依吹くんの、この異常なくらいの人懐っこさは有名だ。いや、異常とまで感じるのは、私の人付き合いが浅いせいかもしれない。

でも、人との距離がものすごく近いことは確かで、休み時間はいつも友達にべったりくっついて甘えているイメージしかない。うしろから抱きついて驚かせたりしているのをよく見かける。

それでいて、相手にうっとうしいとか気持ち悪いとか、マイナスの感情は微塵も与えないのが不思議なところ。

実際に悪く言われているのを聞いたことはないし、むしろ、甘えたがり且つ甘え上手な依吹くんは、周りを『構いたがり』に変えてしまっているように見える。休み時間のたびに、みんな我先にと席を立って駆け寄っていく、そんな感じ。

そして男子も女子も、口を揃えて言うんだ。

弟みたいで可愛い、って。

「依吹くん。こういうの、誰かに見られたらまずいんじゃないの？」

矢代依吹はみんなのもの。

そんな認識が、もうずいぶん前から根付いているように思う。

「大丈夫だよ。僕たち今、完全にふたりきりなんだし」

綺麗な二重に縁どられた目が、すうっと細められた。

この人の目には怪しい引力がある。相手の意識を丸ごと吸い込んで、自分のものにするかのような強いチカラ。心臓がドクリと脈打って、思考を鈍らせる。

……そう、『ふたりきり』。

私たちは今、放課後の教室でふたりきり、だから、不安なんだ。

「まずいよ。だって依吹くん、すごいモテるし」

「えっそうなの？　わーい、いいこと聞いた」

「わーいじゃなくて。その、もし、ふたりでいるところを見られたら、って話をしてるんだけど……ね？」

語尾《ごび》を濁《にご》した私のセリフに、依吹くんはキョトンと首を傾げてみせた。

この表情はさすがにわざとだ。

そう思いたいのに、この、全然わかりませんと必死に訴えるような上目遣いを見ると確信が揺らいでしまう。

「まさか。僕とふたりだと、瑠奈ちゃんに不都合がある⁉」

「いやっ、そういうわけじゃなくて！　依吹くんはみんなのものなのに、私なんぞが独り占めするのは悪いなぁとか。女の子たちを勘違いさせたら、申し訳ないなぁとか。

それに、……依吹くんだって困る、よね？」

「へ……。なんで僕が困るの？」

あくまでもキョトン、を貫き通すつもりらしい。

本当にわかってないの？　私に言わせるとか、意地悪なんじゃないの？

「だって。依吹くんって好きな人いるんでしょ？」

最近、そんな噂を聞いた。

移動教室の時と、登校時。少なくとも二回は耳にしたと思う。親友の葉月《はづき》ちゃんも
言ってたから、間違いないはず。

「なっ……。なんで瑠奈ちゃんが知ってんの⁉」

かあっという効果音をつけたくなるくらい、その顔がわかりやすく赤く染まる。

さすがに演技で顔色を変えるのは不可能……であるからして。

「ほらね？　やっぱりいるんだ」

「んー……。いるけど」

「じゃあ、やっぱり私といたらだめ、なんじゃないの……？」

「なんで？」

「なんでって。その人に勘違いされたら困るでしょ？」

「うーん。困んないよ？」

そう言って、こつん。

甘える猫みたいに、再び私の肩に頭を預けてきた依吹くんには、もうなにも言うことができなかった。

見つかったら面倒なことになりそうだと思いつつも、私はなんだかんだ、ふたりでいる時間が好きで仕方がないんだから。

「瑠奈ちゃんが先生だったら勉強もっと頑張るのに。毎日僕の部屋に来て、勉強みてくんない？」

「無理だよ。私依吹くんより成績わるいし」

「隣で見てくれるだけでいーの。正解できたら、えらいねって褒めて。もしそうしてくれるなら、時給一万円でも安いくらいだよ。……冗談だけど」

冗談だとしても、さすがお金持ちの発言というか、なんというか。愛はお金に代えられないしねぇと付け加え、意味深な笑顔を見せる依吹くんの言うことは、時々よくわからない。

まあいつもこんな調子なので、発言のだいたい九割はおふざけだと思って聞き流すことにしている。

とにかく人懐っこい依吹くんは、男女問わず、みんなにこういったことを言っているに違いない。とんだ人たらしだ。

「一問解き終わるたびに頭撫でてもらいたいなぁ。全問正解だったら、ぎゅって抱きしめてもらえるオプション付きでー」

「うんうん」

「あとはテストで満点取れたらデートとか。それなら僕が学年一位とるのも夢じゃないね！」

「そっかあ」

「って、瑠奈ちゃあん。しれっと読書再開しないで……」

「……」

「ねえってば、」

ふと、温かい体温が手の甲に触れた。

重ねられた手のひらが、読みかけの文庫をやんわりと閉じさせる。

クラスの弟的ポジションにいるといっても、やっぱり男の子だ。ごつっとしていて、骨ばっていて、私の手なんか簡単にのみ込んでしまうくらい、大きい。

「本じゃなくてこっち見て？」

「っ、う……」

「う？」

「なんでもない……」

触れた部分から広がる熱は、ほんの一瞬で全身に回ってしまう。

あまりにもナチュラルに触れられるせい。この人にとって異性の手に触れることは、息をすることと大して変わらない感覚なのかもしれない。

私はそうはいかない。

なんてことないふうを装っているだけで、心臓はバクバク、頭の中はクラクラの大渋滞《だいじゅうたい》だ。手が軽く触れただけで血液が沸騰してるんじゃないかってくらい体が火照るのに、キスなんてした時には、いったいどうなっちゃうんだろう。

……なんて。

妄想して恥ずかしくなる。そもそも相手がいないし、それどころか今後、自分に恋人ができるかどうかも怪しいのに。

「瑠奈ちゃんの手先冷たいね？」

「ひゃ……」

さりげなく指を絡められるから、ヘンに上ずった声が出た。

「冷え性？　しもやけできちゃうかも。僕カイロ持ってるよ、これあげる」

依吹くんは普通に心配してくれてるだけなのに、なんてことだ。

この温度差は経験に差がありすぎるせい。

依吹くんはモテモテのイケメン御曹司《おんぞうし》で、片や私は、幼稚園の遠足でしか男の子と手を繋いだ思い出がない地味女。

放課後を一緒に過ごすことが習慣になっても、依吹くんが隣にいる感覚にはいまだに慣れない。

「はい、カイロ」

「いいの……？」

「握ってポケットに入れたらあったかいよ」

ありがとうと、ぎこちなくお礼を言って受け取った。

末端冷え性の私は、体がどんなに熱くなろうと指の先だけはいつも冷たいまま。

言われた通りにスカートのポケットに手を忍び込ませると、包み込むようなやさしい熱が伝わった。

「ポカポカする」

「そう。よかった」

頬杖をついて、にこっとする。

依吹くんの笑った顔、好きだなあ。と、ふと思う。

きらんとのぞく八重歯が可愛い。

やわらかく細められたその目を見ると、なぜかすごく安心する。

「ねー瑠奈ちゃん。そういえばさあ、知ってた？」

「うん？　なにが？」

「長嶋《ながしま》と松本《まつもと》さん、付き合い始めたんだって」

「へぇ。……って、……えっ。そうなの⁉」

「反応遅くない？」

「ちょっと、ぼうっとしてたかも」

まさか、依吹くんの笑顔が好きだなあって考えてたんだよ、なんて言えるわけはないから、笑ってごまかした。

長嶋くんと松本さんはクラスメイトだ。幼なじみだというふたりは、毎日夫婦みたいだと騒がれては全力で否定していて、その光景が微笑ましかった。

わあ、そっか。やっぱり両想いだったんだ。

胸の奥がくすぐられたみたいになって、自然と口元が緩んだ。

「幼なじみって、なんかいいなあ」

「そう?」

「小さい頃から一緒にいる人と結ばれるなんてロマンチックじゃない? 憧れるよ」

「憧れ……」

私の言葉を繰り返し、なにやら考え込むように目を伏せた依吹くんは、やがて長いため息をひとつ零して。

「僕も幼なじみの瑠奈ちゃんを錬成《れんせい》したい人生だった……」

「錬成⁉」

「なんでもない。へえ、幼なじみに憧れてるんだ……ふうん」

見定めるようにじっと見つめられるから、なんとなく視線を斜めに逸らした。

どうしてそんなに見てくるんだろう。

地味な私の分際で幼なじみとの恋に憧れるなんて……って、呆れてるのかな。

「瑠奈ちゃんは幼なじみいるの？」

「ええと……、女の子がひとりいるかな。私立のお嬢様高校に行っちゃって、今はもう会えてないけど」

「女の子……。そっか！」

また、にこっと笑った。

かと思えば、すぐ真顔に戻り。今度は、真剣な面持ちで顔を寄せてくる。

「ど、どうしたの？」

思わず構えて次のセリフを待った。

すると。

「ねえ、……彼氏はいる？」

しばらく固まった。予想外のセリフだったせい。

今の私。拍子《ひょうし》抜け、と表現するのが一番正しい気がする。そんなに深刻そうな顔で尋ねることじゃないのに。

「へ、カレシ？　……彼氏？」

「いる、の？」

「い、いません……」

「ほんとに？」

「ほんとだよ？」

私にいるほうがおかしいよ？

そう付け加えようとしたけれど、そんなの言わなくたって依吹くんもわかっているだろうと思い、口をつぐむ。

依吹くんは「そっかあ」と何度か繰り返して、やがて脱力《だつりょく》したように机に顔を突っ伏せた。いったいどうしたんだろう。

「依吹くん大丈夫？」

「大丈夫じゃない、今だらしない顔してるから見ないで」

「う、うん。わかった」

私に彼氏がいないのが哀《あわ》れで笑ってるのかな。

机から起き上がる気配がないので、読書を再開した。

さっき無理やり閉じさせられたページを探して文字を追う……ものの、イマイチ内容が頭に入ってこない。

今までの会話が何度も脳内再生されて、物語へ入り込む余裕を失くしてしまった。

依吹くんと恋愛の話をするのが初めてで、新鮮、だったから？

まだ顔を伏せたままの依吹くんを盗み見る。

皆に弟みたいだと言われていようが、実際は同い年の男の子。それも、人懐っこく甘えたがりな性格がそう言わせているだけで、童顔というわけでもなく、低身長というわけでもなく。明るく無邪気ながらも、むしろ、黙っている時の雰囲気は同級生の男子たちと比べると大人っぽい。

無表情で目の前に立たれたら、凛《りん》としたオーラにきっと気圧される。

育ちのよさがそう見せているのかもしれない。プリントを配る時の手つき、授業の挨拶の時の礼の仕方、先生と話す時の言葉遣い……。ひとつひとつに品があって、洗練された立ち振る舞いが、整いすぎた容姿をさらに優美なものに仕立てているように思う。

——もし、依吹くんに恋人ができたら。

ふと、そんな想像を膨らませた矢先、制服の袖《そで》の部分を引っ張られる感覚がして。

「——瑠奈、」

「……え？」

「……ちゃん」

ドッ、と。

静かに心臓が飛び跳ねた。

びっくり……した。名前を呼び捨てられたのかと、思った。

私を『瑠奈』と呼んだ声は、心なしかいつもより低くて、だけど、心の中を甘くくすぐった。机からわずかに顔をあげて、下からすくいあげるように私を見る。

——もし、依吹くんに恋人ができたら。

どんな目でその人を見つめるんだろう。どんな手つきで触れて、どんなセリフを吐いて、どのくらいの強さで抱きしめて、

「瑠奈ちゃん、あのさ」

どんなふうに……キス、するんだろう。

「ねえ、聞こえてる？」

制服をさっきよりも強めの力で引っ張られ、ハッと我を取り戻す。

「っあ、えっと。……私、喉渇いた！　から、飲み物買ってくるね……っ」

わかりやすく動揺した挙句、ガタン。勢いよく立ちあがったせいで、自分の椅子をうしろの席に激しくぶち当ててしまった。

いたたまれないっ。いろいろと、ぜんぶ、恥ずかしい……！

さぞ真っ赤になっているであろう顔を、覆い隠すようにして廊下にでた。

ひとり残された教室で、

「やっぱ、好きでもない男に触られんのは嫌か……」

依吹くんが、そんなことを呟いていたなんて。

「瑠奈。おれのことどう思ってる……？」

知るはずもなく――。

＊
＊
＊

あれから、なんとか冷静さを取り戻して教室に戻ったものの、最後まで完全に緊張が解けることはなかった。

帰り際、依吹くんは「また明日ね」と手を振ってくれたけど……。

明日、になれば、大丈夫かな。普通にできるかな。

だいたい、依吹くんが悪いんだ。慣れない恋愛の話題なんか持ち掛けてくるから。憧れはあっても、私にはきっと縁がないもの。メイクにもファッションにもそこそこ興味はあって、葉月ちゃんと遊ぶ時には頑張ってみたりもするけれど、元が地味な私にはどうせ似合ってないという負の感情がいつだって付きまとう。

昔から、放課後の教室でひとり、読書をして過ごすのが好きだった。吹奏楽部《すいそうがくぶ》のパート練習の音を聞きながら、時折窓から運動部が行き交うグラウンドを見たり、雲の流れをぼんやり観察したり。そんなふうに周りがせわしない中で、自分は教室にひとり、というのが好きだった。私だけが別世界にいるようで、だけど周りの賑やかさとは隣り合わせ……という不思議な感覚が、気づいたら病みつきになっていた。

我ながら地味で、少しヘンな趣味だと思う。

ひとりきりだった放課後の教室が、ふたりきりに変わったのは——ちょうど、一ヶ月くらい前のことだった。

『有里《ありさと》さんは、まだ帰んないの？』

机に課題のプリントを忘れたらしく、教室に駆け込んできた依吹くんは、息を弾ませながらそう言った。

帰らないと返事をすると、『なんで？』と首を傾げられたので、放課後にひとりで読書をするのが好きなんだと説明した。そしたら、少し考えるような仕草をして。

『それって、教室にひとりきりじゃないとだめなの？』

『……え？』

『ふたりきり、も、試してみたら案外楽しいかもよ』

——今思えば、これが引き金だったんだと思う。

吹奏楽の音もサッカー部や野球部の野太い声も丸無視して、依吹くんの声だけが入ってきたんだ。

魅惑《みわく》の響き。まるで小説のワンフレーズのようなセリフに小説を読んでいるときよりも胸が躍って、ワクワクとした興奮が体の中をじんわり支配したのを覚えている。

その日から依吹くんは、放課後、皆が完全にいなくなったタイミングで話しかけてくるようになった。そして、必ず隣に座って机をくっつけてくる。

ふたりきりも本当に悪くなかったから戸惑った。むしろこっちのほうがいいかも、なんて思った時にはもう遅く。

呼び方が『有里さん』から『瑠奈ちゃん』に変わるのは早くて、その早さに比例するかのように、依吹くんにこっそり、心を持っていかれた。

まさに流星のごとく。矢代依吹に落ちてしまったんだ。

だけど、依吹くんが話しかけてくるのはその時間だけ。たぶん、私なんかと関りがあるって知られるのがいやなんだと思う。と言っても、無視されるわけじゃなく、挨拶は交わすし、目が合えばにこっと笑ってくれる。

依吹くんにとっての私は放課後の暇つぶしの相手でしかないとしても、できればずっと、関係がこのまま続けばいいのにと願わずにはいられない。

「瑠奈っち聞いて！　彼氏がバイト辞めろって言うの、ひどくないっ？」

次の日。

登校すると、葉月ちゃんが今にも泣きそうな顔をしてこちらにやってきた。見た目も中身も乙女《おとめ》な葉月ちゃんとは、入学当初の席が前後だったことで仲良くなった。

「ウチは彼氏に可愛く思われたくて、メイクとかお洋服にお金かけたいのに。デート代はオレが出すから早く辞めろって、全然気持ちわかってない！」

抱きついてきた葉月ちゃんの背中をとりあえず優しくさすりながら、恋する乙女は毎日大変だなあと感心する。

葉月ちゃんの彼氏は確か三つ上の大学生だったはず。この場合、彼氏の気持ちもよくわかるから困る。

「葉月ちゃんが可愛いから彼氏は不安なんだと思うよ？　同年代の男子のバイト生も多いし、制服は可愛いし、お客さんにも手を出されたら……とか心配してるんじゃないかなぁ」

「そう……なのかな……」

うるっと濡れた瞳に見つめられると、同じ女子ながら軽率にときめいてしまう。

「でも葉月ちゃんの気持ちは、ちゃんとわかってもらってたほうがいいよね。可愛いって言ってほしいから頑張ってるんだって。お互い気持ちがすれ違っちゃってそうだから、もう一回ちゃんと話してみれば？」

「うん、そうしてみるっ。瑠奈っち、いつもありがとう～大好き！」

ああもう。ほんとに可愛いなぁ。

そう思うと同時に申し訳なさも湧きあがってくる。

「恋愛経験ない私のアドバイスなんか、ためにならないと思うけど。ごめんね？」

「ええっ、そんなことない！　瑠奈っちに相談したら、いつもすごい安心するんだよね、ママに話すよりも断然！」

それはいくらなんでも過大評価しすぎ。

これに限らず、葉月ちゃんはいつも大げさなくらい褒めてくれる。この前も、一緒にショッピングに行った時に服を試着してみたら、「モデルみたい！」なんてありえないことを言われた。本当に、明るくて可愛い素敵な子なんだよね。

「瑠奈っちも恋愛相談あったら言ってよ？　いっぱい話した～い」

「う－ん……。残念ながら、私には縁がなさそう」

「なに言ってるの～。瑠奈っちには永井《ながい》拓未《たくみ》くんがいるじゃん？」

葉月ちゃんの口から出てきた名前に、お茶を吹きそうになる。お茶なんてそもそも口に含んでないんだけど、それくらいびっくりした。

「ええっと。……なんで永井くん？」

「え？　だってすっごい仲いいよね。この前も、休み時間にふたりで図書室行ってたでしょ」

「うん。たしかに行ったけど」

「付き合ってるんじゃない？って皆噂してるよ」

一時の間をおいて、言葉の意味を理解する。

「う、嘘だ……！」

頭の中がこんがらがって大渋滞だ。

心配していた依吹くんとの繋がりより先に、永井くんとの関係を疑われてしまうとは。盲点《もうてん》だった。どうしよう。

私はまだ大丈夫。どう思われても構わないけど、永井くんにとってはいい迷惑だ。こんな地味女と噂されるなんて……。

青ざめた矢先、

「あ。有里、おはよ」

本人が目の前に現れ、私の苗字を口にするものだから、あやうく卒倒《そっとう》しかけた。

「な、永井くん、おは……おはよ、う」

からの、さようなら。

できることならそうしたい。

――永井拓未くん。

黒髪のマッシュヘアに、切れ長の瞳。クールな雰囲気を纏っている彼は、唯一の読書仲間だ。

以前、掃除当番で図書室の係にあたって、たまたま永井くんとペアになったことをきっかけに本のことを話すようになった。と言っても、たまに本の貸し借りをする仲でしかなく、それ以外に絡みはない。休み時間や終礼の直前、お互いの席に行ってお勧めの本を貸したり、返したりしているだけ。図書室にふたりで行ったというのも、たまたま返却日とお互いのタイミングが重なったからだ。

それだけで恋人説を唱えられるのはあり得ないと思うけど、逆に、そういうあっさりした感じ、だったから……かもしれない。

空いた時間にささっと貸し借りを済ませているだけの私たちだけど、周りの目には、ばれないようにコソコソ仲良くしているように映っていたのかも。もしくは慣れた距離感に感じられたのかも。

「今日、有里に借りてた本持ってきた。休み時間で読み終わりそうだから、放課後までに返すわ」

「あ、わかった。急がなくていいからね、ゆっくりで」

「うん。じゃあまた」

いつも通りの、あっさりした会話。

永井くんが去っていったのを確認して視線を戻すと、葉月ちゃんはキラキラ興奮した目で私を見ていた。

……キラキラ、というより、もはやギラギラ。肉食獣《にくしょくじゅう》みたい。

「永井くんのクール具合が最高すぎ。めちゃくちゃアリだと思う、瑠奈っち！」

「だから、そういうのじゃないよ……」

「永井くんかなり人気高いよ？　読書してるイメージしかないけど、実は運動神経もいいんだって。体育の実技で周りの男子が絶賛してた！」

そうなんだ。それは知らなかった。モテるならさらに申し訳ない。私みたいなのが側にいたら、邪魔でしょうがないはずだから。

「まあ人気は矢代くんほどじゃないけど、〝付き合いたい部門〟で言ったら普通に一位だと思う。矢代くんは、〝矢代依吹〟ってフルネームがもはやブランド化してるっていうか……。もっぱら観賞用ってやつかなぁ？」

——矢代依吹は皆のもの。

それが今さら、ずとんと重たくのしかかってくる。

皆のものなのに、私は放課後に、内緒で彼を独占しているんだ。

うしろめたさを感じずにはいられなくて、なんとなく、葉月ちゃんにもまだ言い出せないでいる。

「でも、矢代くんは好きな人いるらしいし。まだ付き合ってないってことは、片想いだよ。あの矢代依吹が片想いって……尊い！　応援したい！」

そうだ。

依吹くんには好きな人がいるんだよ。

できれば卒業まで、放課後は一緒に過ごしたいなんて思っていたけど、とんでもない願いだった。私は身の程知らずもいいところ。

私たちが一緒にいられるのは——依吹くんに、恋人ができるまで。

「珍しい。瑠奈ちゃんが本読んでない！」

今日も今日とて机をくっつけてきた依吹くんは、開口一番にそう言った。なにが嬉しいのか、これでもかってくらいに顔をほころばせて。

「読書飽きたの？　ねえ」

「ううん、今日はたまたま。持ってきてた本を永井くんに貸したんだよね。さっき返しにきてくれた時、次に読む本がないって言ってたから」

「永井に……。あー、そうなんだ」

どうしてか声のトーンが急激にさがる。

「どうしたの？」

「……なんでもないよ」

口ではそう言っているけれど、依吹くんは浮かない表情のまま。

「……、そっか。じゃあ今日は課題でもする？　英語の予習範囲《はんい》、広かったし」

「うん……。瑠奈ちゃんがやるなら一緒にやる」

うなだれたようにしておとなしくノートを開いた依吹くんの考えてることは、やっぱりわからなかった。


「あー疲れた。ちょっと休憩しよーよ」

開始から約20分後、シャープペンを机に置いた依吹くんが甘えた声をだした。

「もう休憩？　まだ30分も経ってないよ」

「授業中じゃないんだから、そんなに堅《かた》いこと言わないでさあ」

となりのノートを横目で見ると、なんと、もうびっしり。

「もしかして、依吹くんもう終わったの？」

「うん。英語は一番得意」

「へえ、そんなんだ！　すごい……かっこいいね」

尊敬の眼差しを送る。すると依吹くんは、昨日の私みたいに突然ガタっと立ち上がり、さらに同様に、椅子をうしろの席に派手にぶち当てた。

どっ、どうしたのかな。

依吹くんらしからぬ行動に戸惑いながら視線をたどるけれど、完全にそっぽを向かれていた。

「依吹くん？」

「……瑠奈ちゃんこそ、勘違いされたら迷惑なんじゃないの？」

「え？」

なにやら真剣な様子で語られるものの、いったいなんの話をしているのかわからない。

「男にかっこいいとか簡単に言うなよ。他に好きなやついるくせに……」

後半のセリフはあまりに小さくて聞き取れなかった。でも口調も雰囲気も、いつもとどこか違う。やっぱり依吹くんらしからぬ……。

と思った直後、振り向いた依吹くん。きらんと八重歯がのぞいて、いつものにこっとした笑顔が現れた。

「なあんてね！　僕ちょっと飲み物買ってくる～」

そう告げて教室を出ていってしまった。

戻ってきたのは、十分以上経ってから。大丈夫かな、具合が悪くなったのかなと心配していた矢先に扉が開いた。

依吹くんの手には、パックジュースがふたつ。たくさん飲むんだなあと思いきや。

「はいこれ、瑠奈ちゃんのぶん。一緒に飲も？」

その片方が私の机にそっと乗せられた。

「ミルクココア好きだよね？　昼休みに飲んでるのよく見かける」

ぶわわっと。どこからともなく熱が全身に広がる感覚がした。

「い、いいの？」

私のために買ってきてくれたことはもちろん嬉しいけれど、それ以上に、好きなものを知ってくれていたという衝撃が頭の中を支配する。

「ありがとう……嬉しい」

素直な気持ちを口にするのはなんだか落ち着かなくて「依吹くんの飲み物はなに？」と咄嗟に続けてしまった。

「うん？　僕は牛乳。身長もっと伸びたいし」

見せつけるように、私の目の前にパッケージの表を持ってくる。なんの飾り気もなく、そこにはでかでかとした文字で『牛乳』とだけ書かれていたから思わず笑ってしまった。

「そんなに身長伸ばしたいんだ？」

「うん」

「でも依吹くんって、結構高いほうだよね？　何センチなの？」

純粋に気になって尋ねただけなのに、なぜか綺麗な目が丸く開いていく。

「え、僕の身長？　気になるの……？」

黒い瞳。しっかりと私を捉えて離さない。

「うん、ちょっと気になって」

「……高いよ。瑠奈ちゃんよりは、うんと高い」

「それはそうだろうけど」

「そうだ、背比べしよーよ」

そこに立つ依吹くんの口元が、上機嫌に緩んだのがわかった。さりげなく私の手をとって、引き上げる。目線の高さがぐんと近づいた。

だけど、それでもうんと高い。今は見下ろしてくれるから目が合わさっているだけで、依吹くんの目線は私が背伸びしたところで届く高さじゃない。

色めきだった瞳に吸い込まれて、ドクリ。

静かに、慌ただしく跳ねた心臓。

だめ、のみ込まれ、そう……。

「瑠奈ちゃん」

依吹くんがかがみこむ。私の顔の位置まで落として、耳元で甘く名前を呼んだ。

甘い……と感じるのは、私の耳が都合のいい解釈《かいしゃく》をしているのかもしれない。だってておかしい。低くて、ちょっとかすれたような、切ないような、甘いような。いつもの依吹くんの声じゃないみたい。

それに……近い。

いつの間にか回されていた腕が、私の背中で組まれたのがわかった。

頭の中は妙に冷静で、状況を的確に認識する。

これはもしかしなくても、抱きしめられてるんだって。

「どうしたの……？　甘えモード発動かな？」

「私は依吹くんの友達じゃないよ～、あはは、って。まずは冗談っぽく口にしてみても、依吹くんのどこか憂《うれ》いを帯びた表情が笑顔に変わることはなく。

そんな態度にますます顔が熱くなる。心臓が耳元にあるみたい。

「他の男のことなんか、見れないようにしたい」

「へ？」

「おれと付き合おうよ。……だめ？」

ぽかん、という表現がたぶんふさわしい。言葉通り、私はぽかんとしたまま思考を停止させた。

ああ、えっと。そうだ、ドラマのセリフかもしれない。昨日の夜、似たような内容のシーンをテレビで見た気がする。

そうときたら、いつものお決まりの流れだ。

この数秒後には、きっとこの人はにやりとして「冗談だよ」って笑うんだ。

でも、それにしても遅い。いくら待っても「冗談だよ」を言わない依吹くんは、このお芝居ごっこをまだ続けたいらしい。

「付き合いたい。付き合って……からでもいいから、おれのこと好きになって」

さすがに演技派すぎない？

褒めたくなるよ。

冷静だと思ってた私の余裕を、今のセリフで根こそぎ奪い取っていくんだから。

これ、私が返事をしないと終わらない流れだよね。もう、依吹くんてば……。わがままな弟を甘やかすつもりで、ノリに乗ってあげることにする。

じゃないと、心臓が激しく鳴り響いてることを知られてしまいそうだったから。

「瑠奈……返事して」

「う……ん。いいよ、付き合う……」

ぎこちなく言葉を切りながらも、なんとか声に出すことができた。

これでお芝居ごっこは終わり。やっと、この窮屈《きゅうくつ》な熱さから解放されると思ったのに。

「いい、の？」

ぶつかる視線、揺れる黒い瞳——。

それから、ゆっくりと離される体。

これは冗談だから。お芝居だから。勝手に暗示をかけていた。頭のブレーキが緩んでいくのがぼんやりわかる。

その瞳に射貫かれたまま、操られるように、私は頷いた。

キミの素顔は彼女限定

はあ、やってしまった。

絶賛睡眠不足のまま次の日を迎え、学校に着いたばかりなのに、もう何度目かわからないため息をついている。

依吹くんって、からかうのが上手。……というレベルを通り越して、正直やりすぎなんじゃないの？と思う。

恋愛未経験の私の反応を見て楽しんでるんじゃないかとか、実は今までの放課後の出来事は全部、依吹くんが友達に罰ゲームでやらされてたんじゃないかとか。想像が嫌なほうに広がってしまう。

意地悪な性格じゃないことは、よく知っているはずなのに。

一度頭から振り切って、朝礼前にお手洗いを済ませておこうと席を立った時だった。

「有里、おはよ」

私と同じくらい疲れた目をした永井くんが目の前に現れたのは。

「おはよう。どうしたのっ？　永井くんひどいクマ……」

「昨日お前に借りた本面白くて……気づいたら朝だった。てか、有里もどうした？　顔色悪……。体調悪い？」

「わ、私も寝られなかっただけ……」

「へぇ。なんか悩みでもあんの？」

わっ、珍しい。本の貸し借り以外で話題を広げられるのは初めてかもしれない。

「まあ、あんまり無理すんなよ」

「あ、うん。ありが――」

最後まで言い切れなかったのは、永井くんの手のひらが私の頭に落ちてきたから。

そして、その直後。永井くんが立つ反対方向から、ふいに手を掴まれて……。

強い力で引っ張られる。ぐらりと傾いた体は、誰かの腕によってしっかりと支えられた。

「永井、あんまりべたべた触んないで」

――すぐそばで聞こえた声はすごく低くて、一瞬誰か、わからなかったくらい。

でも、鼻孔をくすぐった甘い匂いが、昨日と同じ熱さを呼び起こす。

「瑠奈ちゃんはおれの」

クラスメイトの視線が、いっきに全集中する。「どういうこと⁉」「付き合ってるのかな⁉」とあちらこちらから焦る声が飛んできて、見えない視線を、初めて痛いと思った。一時の沈黙ののち、騒がしさが波のように広まる教室で、私だけがひとり、ぽかんとしていた。

そんな間抜け面を晒《さら》してるにも関わらず、依吹くんは容赦《ようしゃ》してくれない。手を放すどころか、よりいっそう力を込めて、私を騒音の世界から連れ出した。

廊下の空気はひんやりと冷たい。結露《けつろ》した窓ガラスは、外の景色を見せてくれなかった。だからもう、逃げ場がなく。

「はあ……。余裕なくて、ほんとごめん」

繋がれた手に視線を落として、依吹くんの体温を感じるしかない。

依吹くん。皆の前であんな……。どういうつもり？

今までは、放課後以外に声を掛けてくるなんてあり得なかったのに。

「瑠奈が、おれに対しても他の男に対しても、無防備すぎるから不安になる……」

そんな声のあと、聞こえたのは、空き教室の扉が閉まる音。静かな空間がふたりきりという状況を異常に意識させる。

少しかがんで、私に目線を合わせた依吹くん。

「おれのこと見て」

今度こそ目眩《めまい》がした。

ドクドクっと、不整脈のごとく鳴り響いた心臓が、それを合図に早鐘を打ちはじめる。

昨日から、おかしいよ？

依吹くんの一人称は『僕』じゃないの？

見つめるんじゃなくて、射貫いてくる。

「ね。抱きしめていい？」

たずねるんじゃなくて、迫ってくる。

「もう……抱きしめてる、じゃん」

笑うんじゃなくて、煽ってくる。——わざとだよって、見せつけるみたいに。

「ここ、おれたち以外、誰もいないけど」

覗くのは八重歯じゃなくて、鋭い牙《きば》。

初めて知った。

悪いカオがこんなにも似合うこと。

私を捕まえた腕が、さらに近くへ引き寄せる。

「キスできそうな距離、」

ほんとだ。少しでも上を向いたら、触れそう……。

ここにいる『矢代依吹』は、皆の『弟』じゃなくて、まるで男の人。まるで、じゃなくて、紛れもない、男の人だ。

どっちが本物かなんて考える余裕はない。考えなくてもいい気がした。

だって、ひとりしかいないんだから。私の心臓を狂わせているのは、目の前に立つ矢代依吹くん以外の、何者でもないんだから。

このまま呑まれてしまえば楽。

けれど、なけなしの理性でこの後のことを考えれば悪。

皆の依吹くんを奪っているような罪悪感と、遊ばれているだけなんじゃないかという小さな疑いが合わさって、大きな負の感情を生み出した。

「だめ……だよ？」

甘く誘う唇を、触れる一歩手前、ギリギリのところでかわした。

この少ない時間で考えたことすべてを、一から丁寧に説明するつもりだった。まずは依吹くんの気持ちが本当かどうか確かめて、皆のものである依吹くんを独り占めするのが申し訳ないという気持ちを伝えて……。

「欲しいって言っても、くれないの？」

きちんと順序を踏むつもりだったのに。

「ごめんなさい……」

こぼれたのは、謝罪の言葉だけ。

恋愛未経験という肩書が、こんなところで邪魔をしてきた。

キャパオーバー。

ごめんなさいともう一度謝って、気づけば空き教室をあとにしていた。

――その日の放課後は、逃げるようにして家に帰った。

＊＊＊

「ねえ瑠奈っち。矢代くん、また瑠奈っちのこと見てたよ？　今日こそちゃんと話しなよ……」

目をうるうるさせた葉月ちゃんに説得されるのも、これで五回目くらいだ。休み時間は依吹くんの周りにたくさんの人がいるから、という言い訳に近い理由で接触を拒んでいたら、ずるずると時間だけが過ぎてしまった。

依吹くんと話さなくなって、もう一週間になる。

初めのうちは、きちんと話してうやむやになっている部分をハッキリさせたいと思っていたのに、時間が経つにつれて、今さらわざわざ波を立てる必要はないんじゃないかと思い始めた。

葉月ちゃんは、依吹くんが私のことをよく見ていると言うけれど、目が合うことはないから絶対気のせい。それにあっちから話しかけてくることもないし、それどころか挨拶もなくなった。

もう終わったんだ。依吹くんにとっては、軽い遊び心だったんだと思う。

……それならそれでいいはずなのに。

「依吹くん～！　ちょっと英語教えてほしいんだけど……」

他の女の子との近い距離にモヤっとしてしまう理由に、気づきたくなかった。

そんな私をあざ笑うかのように、

「英語できるってかっこいいなあ。あたし、依吹くんのこと本気で好きになっちゃいそう」

甘い声が聞こえてきて、思わず廊下に逃げた。

換気のために開けてある窓から冷気が襲ってくる。暖房が届かない場所のせいで、指先どころか、全身が凍えてしまう。

――依吹くん。

あの日もらったカイロを捨てられずにいる。

とっくに冷え固まって機能を成していないのに、触れると、あの熱を呼び起こしてくれる気がしていたから。

でも、もうそんな効果も消えてしまう。

時間が経てば思い出は褪《あ》せてしまう。放課後の出来事が、ぜんぶ過去になっていくのが悲しい。

どうして今さら、こんな強い想いになっていたことを自覚しなきゃいけないの？

自分が隣に立つ自信はないくせに、他の子が隣にいるのは嫌だなんて。

どこまでワガママなんだろう。

ぶるっと身震いした直後、すぐうしろの扉が開く音がした。

「──瑠奈ちゃん」

聞き覚えのある響きに固まる。

「なんで、僕のこと避けてるの？」

いきなり核心に触れてくるから言葉に詰まった。今度こそ、ちゃんと言わなきゃ。

心臓がうるさく脈を打つ。

「冗談だと……思ったから」

「……え？」

「依吹くんに付き合ってってって言われた時、またいつもの冗談だと思って、なにも考えずに返事をして。それで……」

一時の沈黙ののち。

依吹くんは小さく笑った。

「そっか、冗談……。気持ち、伝わってなかったんだ……」

「っ、あの、だから」

もう一度、ちゃんと伝えてほしい。もし本心なら、今度は私も応えたいから……。

続けるつもりだったセリフは「わかった」という低い声に遮られた。

「無理に付き合わせてごめん。……もう、話しかけないようにする」

「依吹くん、」

咄嗟に掴んだ手。

パシッと振り払われる。

触れていたわずかな時間で伝わった高い体温に、異変を感じたのと、視界がぐらりと揺れたのはほぼ同時だった。

——違う。

揺れたのは依吹くんのほう。ゆっくり傾いていく、体……。

危ない、と咄嗟に伸ばした腕の中に、依吹くんが力なく倒れた。

「依吹くん……っ?」

ぐったりと閉じられた目を見て、頭が真っ白になった。

肌に触れて、高熱があることをもう一度確認する。

「あのっ、すみません！」

廊下の角を曲がってきた先生を呼び止め、助けを求めた。すぐに駆け寄ってきてくれた先生に抱かれて、依吹くんはそのまま保健室へと運ばれた。


終礼にて。

「早退した矢代のプリント、誰か届けてくれる奴いるかー？」

先生の問いに対し、あちらこちらから手が挙がる。

普段の私なら、絶対に黙ってうつむいているところ。だけど今は、依吹くんのことが心配でしかたなかったせいか、気づけば誰よりも高く手を挙げていた。周りからの視線が集まっても、気にしていられない。

「おっ、有里が積極的なのは珍しいな。じゃあ、今日はお前に頼むよ」

運のいいことに指名してもらえて、ホッと息を吐く。

みんなの前で自ら手を挙げた自分に、こんな度胸もあったのかと時間差で驚いた。

「きりーつ。礼」

けだるい号令に合わせて挨拶をし、今日だけは真っ先に教室をあとにした。

依吹くんの家は、予想を超えた大豪邸《だいごうてい》だった。そして、お母さんだと思い挨拶をしたひとは、まさかの家政婦さんだった。

「依吹さんのお部屋はこちらです。どうぞごゆっくり」

案内してくれた家政婦さんにお辞儀《じぎ》をすると、いよいよ完全にひとりになる。目の前のドアをノックするまで、ゆうに五分はかかった。

「お、お邪魔します」

返事がないまま、一歩足を踏み入れる。まずは部屋の広さに驚いて、次に、依吹くんが眠っているベッドを見つけ、心臓が飛び跳ねる。

足音を立てないように近づいて、そばにあったテーブルに預かっていたプリント類を置いた。

「今日のプリント、ここに置いておくね」

そっと声を掛けても反応がない。

これだけ深く眠っているなら、起こすのは悪いよね。

眠っていても相変わらず綺麗な顔を見ながら、回れ右をしようと一歩退いて。

「じゃあ、お大事に……」

そう、呟いた直後。

「……瑠奈?」

うっすらと開いた瞳が、私を捉える。次第に、驚いたように見開いて、それでも熱のせいか、視軸が定まらずどこか虚《うつ》ろなまま。

「あー……、そっか。夢? だよなあ」

そんなことを言うから、思わず顔を寄せてしまった。

「夢じゃないよ……っ」

「っ、近……」

私から目を逸らして、また戻す。それから、戸惑ったように一言。

「本物?」

「ほ、ほんもの、だよ?」

「見舞いにきたの? 男の部屋にひとりで」

「そうだけど……」

「……バカじゃないの」

はあ、とため息が落とされた。

その動作ひとつで、私は簡単に傷ついてしまう。この人が好き……だから。

「襲われたらどうすんの？」

そう言って上半身を起こすから、慌てて止めに入る。

「だめだよ寝てなきゃ」

「うるさい。ここに来た瑠奈ちゃんが、わるい」

「私のせいなの？」

「うん。瑠奈ちゃんのせい。普段必死で我慢してんのに、熱で理性ってもんがほとんど働いてないんだけど、この意味わかる？」

依吹くんが姿勢を直すと、ギシ……、とベッドが軋んだ。

「ずっと好きだった子が目の前にいるのに手を出すなって。……軽く拷問《ごうもん》だよね」

「へ？　ずっと好き……？」

「入学式の日みんなが必死で友達をつくろうとしてる中で、瑠奈ちゃんだけ、のんびり読書してるのを見たのが、気になったきっかけ。たぶんおとなしくて、自分をしっかりもってる子なんだろうなって思って見てたら、前の席のクラスメイトに話しかけられた瞬間にびっくりするくらい明るく笑っててさ。そのギャップにやられた……」

へ？とか、え？とか。そんな間抜けな声しか出てこない。

「あの日、課題を取りに戻ったのは偶然だよ。でも、ふたりきりになるように仕掛けたのはわざと」

「……、」

「あー、喋りすぎた。恥ず……。ほら、早く出ていかないとひどい目に遭《あ》うよ」

依吹くんはあくまで冷たく言い放っているのに、どうしてか私の耳には甘く響く。

麻薬《まやく》みたい。

「出ていきたくないよ。依吹くんと一緒にいたい……。出ていかなかったら、どうなるの……？」

私の理性ってものまで奪ってしまった。

「な……に言ってんの、瑠奈ちゃん」

「他の女の子が、依吹くんの隣にいるのを見るくらいだったら、なにされても、私がそばにいたいって思っちゃう……、これっておかしい？」

ぽろりと涙がこぼれた。泣く場面じゃないのに。

やっぱり私はおかしいんだと思う。

依吹くんのことが好きでおかしくなってしまった。

「それ、信じていいの？」永井が好きなんじゃないの？」

「永井くんは、読書仲間なだけ……。依吹くんこそ、冗談じゃないの？　放課後以外は絶対に話しかけてこなかったのに」

「それは、瑠奈ちゃんは永井が好きだと思ってたから。皆がいる前で僕が話しかけたら迷惑だと思って……」

唖然とする。

こんなすれ違い方ってあるんだろうか。

「ごっ、ごめんね！　冗談とか、勘違いして……」

「ほんとだよ。すごい、傷ついた」

ひと呼吸おいて、依吹くんは続ける。

「僕が熱出したの、瑠奈ちゃんのせいだからね」

「わ、私……っ？」

「うん。瑠奈ちゃんに避けられてた一週間、ずっと瑠奈ちゃんのこと待ってた。施錠《せじょう》ギリギリまで、ひとりで教室に残ってた。そしたら帰り道で、にわか雨にぶち当たって、濡れて帰るしかなくて……」

嘘、本当に？　今日初めて知ったことが多すぎて頭が回らない。

「ごめんなさい！」

「うん、だから、責任とってよ」

「っ、ひゃ⁉」

ぐいっと腕を引かれて、そのまま腕の中へ倒れこむ。

「これくらいは許してもらわなきゃ困る」

目の前がフッと暗くなって、甘い匂い。柔らかいものが──私の唇をそっと塞いだ。

「……、っぅ」

ジン……と脳が甘く痺れた。

上唇をやわく噛んで、名残惜しそうに離れていく。

「はあ、やば……」

掠れた声が耳元で響いたと思えば、またすぐに重なって、お互いの口から余裕のない吐息が漏れた。角度が変わるたびに、隙間を埋《う》めるようにして無意識に体を密着させる。

「好きすぎて、止まんない……。ださいから熱のせいにして」

「んっ……」

好きな人とのキスが幸せすぎてまた涙がこぼれた。噛みつくみたいに唇を重ねてくる依吹くんは『みんなの弟』なんかじゃない。

「依吹くん、……って、じつは狼《おおかみ》だよね？」

「さあ？　わかんない」

そう言いながら赤い舌でぺろりと唇を舐めてみせる仕草があまりに色っぽくて、くらりと目眩がした。

この依吹くんは、私だけが知っていたい、なんて。

「瑠奈の前だと、勝手にこうなんの。不思議だね」

キスで甘やかされた途端にわがままになる。

「……ほんと？　じゃあ、私以外に見せないで……？」

半ば無意識に口にしてしまったあと、我に返って両手で顔を覆う。それをいとも簡単に引きはがした依吹くんは、

「あんまり煽んないでくれる？」

とびきり甘くて悪いカオをしていた。

Fin.

低体温なカレは、今日も彼女を溺愛する。

SELEN

常に笑わず、クールで〝低体温〟なカレの秘密。それは――

「めちゃくちゃに甘やかしてやりたいと思って」

彼女にだけはとろけるほどに甘いということ。

「奥永《おくなが》くん、一時間目遅刻《ちこく》した理由を、今すぐに二十文字以内で答えて」

「あー、寝坊」

「寝坊って……。今日で遅刻通算十八回目。いい？　清く正しい高校生として──」

「委員長、真面目すぎ」

「私は至って普通」

私と彼──奥永藍《あい》の言い合いに、このやりとりを見慣れているクラスメイトたちが移動教室の準備をしながら口々に言う。

「また冷戦してるよ、委員長と藍くん」

「もはやこのクラスの名物だよね。超リア充と超真面目の正反対コンビ」

このクラスの委員長となった私、有宮一果《ありみやいちか》は、クラス替え初日に担任の先生から言い渡された。問題児・奥永藍の指導係になるようにと。

奥永藍という名前は同じクラスになる前から有名で知っていたけれど、変な噂の類は聞いたことがなかった私は、仰々しい役割に最初は少し驚いた。けれど無駄に顔が良くて女子から異様な人気があり、持ち前のカリスマ性によって同性からも圧倒的な支持を受ける彼がまわりに与える影響力は凄まじかった。その当の本人が遅刻や夜遊びをしがちだったため、彼に憧れ、非行に走る生徒がいるかもしれない可能性を先生たちは危惧《きぐ》したのだ。

そうして彼の指導係――通称〝奥永係〟になり、犬猿《けんえん》の仲とされている私たち。

だけど、私たちにはみんなが知らないある秘密があった。それは――。

「イチ、早く化学室行くぞ」

教室のドアから体半分をだけを覗かせ、唯一無二の親友・よし子《こ》が呼んでいる。

「わかった。すぐ追いつく」

気づけばクラスメイトたちはもうほとんど教室からいなくなっていた。

私はお説教を切り上げ、まだ席に座っている彼に声をかける。

「次の授業、六分後だから遅れないように」

そしてまだ残っていた女子ふたりを追いかけるように、時計を確認しながら教科書片手に忙しなく教室を出ようとした時。不意にうしろから手を掴まれた。

「委員長――一果」

手を引かれるまま私は教室の中に引き寄せられ、彼の腕の中にすっぽり収まった。

「捕獲《ほかく》」

顔をあげれば、それは奥永で。気づけばうしろからふんわりと抱きしめられている。

「奥永……っ」

「こんな隙あると心配になるんだけど」

「そ、それは、奥永がいきなりこんなことするから……」

廊下から、まだ近くを歩いていたクラスメイトの声が聞こえてくる。

異常なまでの心拍数を自覚しながら批難の声をあげれば、頭上の奥永は涼しい顔で微笑んだ。

「授業前に一果を補給しとこうと思って」

「でも早く行かないとみんなに変に思われる……っ」

「少しくらい平気だろ」

みんなに隠していること。それは、私たちが付き合っているということだ。

付き合いだしたのは、三ヶ月前。同じクラスになって間もなくのことだった。

ある日の全校集会の後、体育館を出ようとしていた私の頭上に、突然天井から照明が落ちてきたのだ。

『イチ、危ない……！　照明が……！』

危険に気づいたよし子の叫び声に、はっと頭上を見る。けれど時すでに遅し。すぐそこまで迫った巨大な影に、ぶつかると悟った瞬間、突然自分の体が宙を舞った。

次に聞こえてきたのは、なにかがぶつかる鈍い音。けれどなぜか体に痛みはない。尻餅《しりもち》をついたまままおそるおそる目を開けると、問題児というだけの認識だった奥永が私を庇い、身代わりに照明に当たっていた。

その額にちらりと流れる一筋の血が目に入って、一気に血の気が引いていく私に、奥永は真っ先に言ったのだ。

『委員長、無事？』

その瞬間、ビビビッと電流が体全体に走った気がした。自分の身も顧みず助けてくれた男気と、初めてまともに見たその国宝級な顔面に、少女漫画に憧れて育った私はリアル王子様ではないかとまるで雷《かみなり》に打たれたように恋に落ちた。

そして同時に決心した。綺麗すぎる顔に傷をつけてしまった責任を取り、私が一生をかけて大切にすると。

後日お礼を伝え、『責任を取らせてほしい』と告白すると、なんと『じゃ、付き合う？』とあまりに軽い感じで言われ、付き合うことになったのだった。自分でも驚くくらい、今までに読んだどんな少女漫画よりもあっけない流れだった。

真面目さを買われ、小学生の頃から通算十二回、学級委員長に推薦《すいせん》されてきた。そして悪を許さず男子とも対等にやりあうことから、一部の男子に〝氷の女〟とも言われるこの私が、奥永に骨抜きにされていることがバレたりなんてしたら生きていけない。だから、みんなの前ではそれまでどおりの犬猿の仲として振る舞ってもらっている。

「体に力入りすぎ」

ふっと笑う奥永。

その笑顔に見とれそうになって、けれど視線は奥永の額に向いた。長めの前髪に隠れていても、よく見れば額から眉にかけて引っかかれたように走る傷跡がわかる。

その傷跡を見ると、自分の額の同じところが痛んで――。

――ちゅっ。

突然のリップ音と、瞼に落ちた柔らかい感触に、私は目を見開いた。

「なななななっ」

「いい加減慣れろ」

甘い声音で囁かれ、私の心臓は爆発寸前だ。

結局、頬の熱を冷まして化学室に着く頃には、授業開始寸前になってしまった。


「イチ、遅かったな」

化学の授業が終わり、教室に戻る途中、廊下を並んで歩いていたよし子がぽつりと言った。

分厚い眼鏡の奥がきらりと光り、まるで隠しごとを暴かれたような気になる。

「どうせいちゃいちゃしていたんだろ。あの、世をなめきったチャラ男と」

「世をなめきったって……。奥永はそんな奴じゃない」

よし子は私と奥永の関係を知っている唯一の友人だったけれど、なぜか奥永に対してとても厳しい。私のフォローも気に入らない様子だ。

「またそうやってイチはあいつの肩を持つ。無駄にイケメンで、黙っていてもみんなからちやほやされて、なんでも思い通りにいって。世の中理不尽《りふじん》だ」

そこまで言ったところで、不意によし子が眼鏡をくいとあげ神妙な声音で聞いてきた。

「ところで、どこまで進んでるんだ？」

突然の話題に動揺しつつも、私は正直に答えた。

「唇にキスは、まだ……」

「はあああ〜？」

よし子の声が廊下に響き渡り、私は咄嗟によし子の口を塞いだ。

「ちょっ、声が大きいっ！」

「ふがっ、ほごっ」

一斉《いっせい》にこちらに向いた視線が散り散りになっていくと、私は手を離した。けれど、よし子の興奮は収まらない。

「あいつ、そんなに奥手だったのか⁉」

「違う。私が意識しまくってるせい。奥永は無理に強要してこないだけ」

「イチは近寄りがたいクールビューティーな見た目に反して、超ウブだからな……。まあ、そこが可愛いんだけど」

みんなの前では奥永にも毅然《きぜん》とした態度でいられても、恋愛経験がまったくない私は、ふたりきりになった途端、牙を抜かれた虎状態と成り下がってしまうのだ。

だけど、先に進みたい気持ちはある。たしかに初めは一目惚れに近いものだったかもしれない。でも付き合って奥永のいろいろな面を見るうちに、奥永を好きな気持ちは紛れもない本物になったのだから。

休み時間、クラスの話題は、週末に町内で行われる花火大会でもちきりだった。多くの出店が立ち並び、花火も盛大に打ち上がることから、毎年とても賑わう。このクラスからも男女十人弱がグループで参加するらしく、さらにメンバーを集っている。

机でひとり、敬愛する太宰治《だざいおさむ》の小説を読んでいると、席を外していた奥永が友人たちと教室に戻ってきた気配があった。

その途端、待ち構えていたように女子たちが奥永に駆け寄る。

「藍くーん。一緒に花火大会行こうよ」

「藍の浴衣姿見たい！」

他の女子にお祭りに誘われる彼氏という、彼女なら慌てるシチュエーションだけれど、奥永の返事は予想がついていた。

「人混み無理」

そう、奥永は人混みが大嫌いなのだ。だから私もそれを見越して、奥永を花火大会には誘っていない。

やはりなと思いながら、また小説の中へ意識を戻すと、「あ」と呟かれた声ののち不意に近づいてきた人影に右腕を持ち上げられ。

「やっぱ、委員長が行くなら行くわ」

いきなりそんな声が降ってきて、私は思わず大声をあげて顔をあげた。

「はあっ？」

もちろん手の主は奥永だ。

「俺の指導、するんだろ」

突然のことに頭はパニックになり、まくしたてるように声をあげる。

「勝手なこと言わないで、奥永くん。私は当日、お祭りの見回りがあるから」

「見回り？」

「生徒会長に誘われたの。先月から決まってた」

「ふーん」

そう言いながら、目を細めなにか不満がありそうな視線を送ってくる奥永。

その整いすぎた顔面の圧に耐えられなくなって思わずうつむいた時、授業開始を知らせるチャイムが鳴った。そこで一旦お開きになり、それぞれが自分の席に戻っていった。


「諸君、よく集まってくれた。我らが学校の生徒たちの治安を、我々の手で守ろうじゃないか」

日も沈みかけた空を背に、広場の真ん中で演説さながらに生徒会長が拳《こぶし》を固めた。

今日は町内の花火大会の日だ。至るところから人が集まりごった返す中、毎年生徒がトラブルに巻き込まれる事案が発生することから、各クラスの学級委員長と生徒会役員が見回りのために招集された。

けれど蓋《ふた》を開けてみれば、集まりは二割程度。生徒会役員と、絵に描いたように真面目そうな同級生と、断ることを知らない一年生くらいだ。

だけど、それもそうだよなと思う。せっかくの花火大会、ほぼ絡みのないメンバーで見回りなんてしているよりも、誰だって友人や恋人と花火を見たいに決まっている。

集合した時よりも人の往来が増え、あたりが賑やかになってきた。

そばを通り過ぎていく同世代の女子はみな、きらびやかな浴衣を身に纏っている。

そんな光景を目にしていると、Ｔシャツにジーパンというラフすぎる恰好《かっこう》で来たことを少し後悔する。誰に見せるというわけでもないけれど、もう少しましな恰好で来ればよかった。自分がひどくみすぼらしく思えてくる。

「――くん、有宮くん！」

いつの間にか会長に呼ばれていたらしい。そのことに気づくと、瞬間的にさっと表情を消し、いつもの自分に戻る。

「はい」

「効率よく見回りするために、ペアを組むことになった。有宮くんは僕とペアだ」

気づけば、さっきまでいたメンバーがまわりからいなくなっていた。

やはり、なぜか私はこの生徒会長に好かれているらしい。生徒会総会の手伝いで、打ち合わせの時にほんの少し会話を交わしただけなのに、なにかとふたりきりになろうとするのだ。……考えすぎと言われればそれまでだけれど。

「わかりました」

「さあ、出発しようじゃないか」

そして、私たちは見回りを開始した。

カラフルな露店に、絶えない賑やかなはしゃぎ声。楽しそうな人たちを横目に私たちは、非行生徒はいないかと粛々《しゅくしゅく》と目を光らせる。

見回りを始めて一時間が経った頃、空は暗くなり、あたりに漂う空気が少しずつ肌を刺す温度になってきた。七月とはいえ、日が暮れるとさすがに少し寒い。

冷たい風に吹かれ、くしゅっとくしゃみが出た。

「寒いのか?」

「ええ、少しだけ。薄着だったかもしれないです」

そう答えると、会長がおもむろに着ていた上着を脱ぎだした。

「それなら、これを羽織っていればいい」

「いえ、結構です」

丁重に、そしてきっぱり断る。

けれど会長は食い下がった。そこはかとなく昭和を感じるナイロンジャケットを私に押しつけてくる。

「そんなこと言わずに、ほら」

「……じゃあ、お言葉に甘えて」

会長が引く気配はなく、私は断ることは諦め、会長の手から上着を受け取る。そしてそれを羽織れば、あれほど容赦なく吹きつけていた風が遮られた。

肩をすくめてぬくぬくしていると、不意に隣で会長が声を張りあげた。

「あ！　あれはキミのクラスメイトたちじゃないか？」

「え？」

会長が指さした先を見れば、道の向こうから、大人数の若者が歩いてくる。それはたしかにクラスメイトたちの集団だった。

「あ！　委員長だー！　生徒会長とデートしてんの～？」

呑気《のんき》な声が飛んできて、私は思わず額を押さえる。

よりによって会長に遭遇してしまうなんてタイミングが最悪だ。会長は、他のクラスに比べて派手な生徒が多いうちのクラスを目の敵にしているところがあるのだ。

そうこうしている間にも、懸念したとおり会長はずかずかと食ってかかっている。

「キミたち！　まったく、こんな大人数で不純異性交遊ではないか……！」

「はは、なに言ってんの、生徒会長。ウケるんだけど」

「断じてウケない……！」

畑が違いすぎる女子たちと、額に青い血管を浮かせながら張り合う会長。

会長をなだめようとして、けれど私は、その集団の中にある人物を見つけていた。

「奥永……」

呟いた声が届いたのか、それとも偶然か、奥永が不意にこちらを見て視線が重なった。

私が行かないなら自分は行かないと、そう言っていたのに。結局来ているじゃないか。小さく心の中でそう責める。

奥永のまわりは、いつもつるんでいる男子と、それから浴衣を身に纏った可愛い女子たちが囲んでいた。その光景に、再び自分の恰好に恥ずかしさを覚え、思わず目をそらす。

「藍、わたしのりんご飴《あめ》、なめる？」

「いらねーわ」

女子と軽口を叩く奥永。

会長の標的は、いつの間にかそんな奥永に移っていた。私の隣で腕を組み、厳しい表情で奥永を見据《みす》える。

「やはり奥永は目立つな。聞くところによれば、君は奥永の指導係なるものを任されているんだろう？」

「ええ、まあ」

「ああいうチャラチャラした奴が風紀を乱す。あんな奴のお世話係にされて有宮くんも迷惑だな」

私に同調を求めるような会長。けれど私はその言葉が引っかかり、咄嗟に口を挟んでいた。

「会長、お言葉ですが」

「なんだ？」

「奥永くんは〝あんな奴〟ではありません」

目立つから誤解されることもあるけれど、なにも知らない会長に奥永のことをあんな奴呼ばわりされるのは聞き逃せなかった。

すると、予想に反して会長は笑い声をあげた。

「ははは。なにを言い出すかと思えば。凜とした見た目が好みだったが、ますます気に入ったよ。僕は気の強い女性がタイプなんだ」

「はい？」

思わず調子外れの声が出た。会長相手に失礼だけど、少し引いてしまう。

けれど会長は構わずぐいぐいと迫ってくる。

「学級委員長や奥永の指導係から解任して、僕の生徒会に招こうじゃないか」

と、その時、不意に肩を引き寄せられ、私の頭になにかが乗った。

「なにしてんの、委員長」

その声に、状況をすぐに悟る。さっきまで離れたところにいたはずの奥永が、いつの間にか背後に立ち、私の頭に顎を乗せているということに。

「おっ、奥永、くん？」

奥永の突然の登場に、会長は顔を真っ赤にして声を張りあげる。

「キ、キミは……！　邪魔をするな！　今、有宮くんは僕と話しているところだ」

「話？」

「キミのせいで、有宮くんは迷惑を被《こうむ》っているんだ。僕なら、有宮くんを生徒会に招き、彼女の負担を減らしてやることができる……！」

熱弁する会長。けれど、頭上から降る奥永の声は、相変わらず低体温なものだった。

「お気遣いなく。うちのがお世話になりました」

「なんだと！　僕の……生徒会長の話が聞けないというのか！」

「相手が誰だろうと、こいつのこと手放す気はさらさらないんで」

「な……」

会長が言葉を詰まらせたその時、道の向こうから、生徒会の生徒ふたりがこっちに向かって駆けてきた。

「会長ー！　迷子になった生徒を見つけました！」

「な、なんだって！」

「早くこっちへ！」

いきなり呼ばれ、悔しそうに奥永を見つつも、そちらに走って行く会長。

会長が行ってしまうと、奥永は腰を屈《かが》めてうしろから私の顔を覗き込み、それから
ふっと笑った。

「委員長、顔赤すぎ」

だって、そんなの自分がよく自覚している。あんな、俺のものだと言わんばかりのことを言われて、動揺するなという方が無理な話だ。

「う、うるさい……」

いつものことだと思っているのか、クラスメイトたちはぞろぞろと移動を始めていた。

「それじゃあ私は見回りがあるから」

ようやくのことで平静を保ち、会長の後を追おうと、奥永にそう告げる。

けれど、そのすんでのところで腕を掴まれた。

「え?」

「抜けるぞ」

一言ぼそっと声を発したかと思うと、いきなり奥永が私の手を引いて駆けだした。

一瞬息をのみ、けれどすぐに奥永に身を任せるように、人混みをかき分けながら、その背中だけを追う。

少し先を行くクラスメイトたちは、こちらの様子には気づいていない。

バーンッと豪快な音を響かせて、頭上に大輪の花が咲く。人々は立ち止まり空を見上げ、花火が私たちを視線から隠した。

奥永が足を止めたその場所は、人混みから少し離れたところにある神社だった。

ひとけのない境内に着くと、奥永がこちらを振り返る。けれど酸素のまわらない頭が追いついてこない。私はゼーゼーと荒い呼吸をしながら、やっとのことで声を絞り出す。

「お、奥永……？」

「相変わらず体力は七十代だな」

「ま、待って。状況整理するから……」

「状況もなにも、俺がお前を連れ出した」

「私、連れ出された？」

切れ切れの息を整えるように膝に手をついていた私は、ようやく上体を起こす。

「いきなり走り出すからびっくりした……。花火大会に来てるとも思わなかった」

「彼女が参加するって言うなら参加しないわけにもいかないだろ。隙見て攫《さら》ってやろうと思ってた」

「……そうだったんだ」

理由は私だと、あんまりまっすぐ言われて、こそばゆくなる。

けれど奥永はすぐ近くにあった境内の石垣《いしがき》に腰掛け、鋭い眼差しを向けてきた。

「それより、あの会長とはなにがどうなったわけ」

「あー……」

問いただすような眼差しから視線をそらし、頬をかく。

「なんか好かれてる？　みたい」

正直にそう答えると、奥永がそれには反応せず、ジャケットをじっと見た。

「これ、一果の服じゃないだろ」

「あ……うん。会長が貸してくれた」

正直に白状すれば、隠しきれない怒りに染まった声が返ってきた。

「はあ？」

「断れなくて」

奥永がキレている理由はわからないけれど、やはり会長にはなんとしても借りるのではなかったと後悔していると、いきなり奥永が着ていた自分のパーカーを脱ぎだした。

「っ、おくな……」

「これ着ろ」

そう言ってパーカーを差し出される。パーカーを脱いだ奥永は、薄いTシャツ一枚だ。

「でも、奥永の体が冷える」

「いいから」

「じゃ、じゃあ……」

言われるとおりおずおずパーカーを着ると、いきなり腕を引かれて抱きしめられた。

突然包み込まれて、奥永の腕の中で私は目を瞠《みは》る。

「な、」

「簡単に他の男に匂いつけさせるな、ばか。彼女が自分以外の男の匂いさせてるの、超妬ける」

まるで匂いの上書きをするみたいに、ぎゅうっと覆い被さるように抱きしめられ、体はかちこちになる。心臓は今にも体の内側から突き破って飛び出してきそうだ。

でもにわかに信じられなくて、自分の耳を疑う。奥永の言葉をあまりに都合よく解釈しているのではないかと。

「……妬いてる？　奥永が私に？　浴衣も着ずにこんな恰好なのに……？」

「浴衣になんの執着してんだよ。つうか、妬くよ。めちゃくちゃ。お前に関しては多分人並み以上に」

「……っ」

思いがけない告白に、私は思わず声を詰まらせる。そして一気に頬に熱が灯るのを感じた。

奥永が他の女子といる時に感じる、どんな方程式よりも解消できない目に見えないモヤモヤ。それをまさか奥永も感じてくれているなんて。

「今日もあわよくば浴衣姿見てやろうと思ってたけど、この恰好でよかった。浴衣はふたりの時に見せて」

「じゃあ、私も……奥永の浴衣姿見たいって言ってもいい？」

「いいよ。彼女の特権濫用すれば？」

奥永が、私を抱きしめていた腕をほどき、ぽんと私の頭に手を置く。暗闇の中、ふんわりと甘い笑みを落とされ、その殺傷能力の高さに私の心臓はわかりやすく飛び跳ねる。

「さ。そろそろ戻るか」

そう言って、いくつもの提灯が織りなす光の方に視線を向けた奥永。

私はその視線を呼び止めた。

「待って、奥永」

「ん？」

「私、射的の才能があったらしい。さっきの見回り中、休憩時間に射的を見つけたんだけど、」

話しながら、ズボンのポケットから先ほどゲットしたばかりの懸賞品を取り出す。

「これ、奥永にあげたいなって思って狙ったら一発で獲《と》れた」

そう言って差し出したのは、シルバーに赤のラインが入った指輪だ。

「笑わないでよ。おもちゃだけど、付き合いだして三ヶ月経つし、付き合ってる証、みたいな……」

そう言いながら、私は自分の右手をおずおず見せた。その薬指には、奥永に渡したもののペアリングが輝いている。

おしゃれなリングを何個もはめている奥永に、こんなおもちゃのペアリングをあげるのは少し気が引けるけど、でも目に見える証がほしかった。奥永は学校に行けばみんなのものになってしまう。だから、この人は私の彼氏だという証が。

自分でも、だいぶ恥ずかしいことをしている自覚はある。だって、こんなのプロポーズみたいだ。

そんな自分が急激にいたたまれなくなって、私は奥永の目も見ないまま神社から逃げ去ろうと踵《きびす》を返す。

「じゃ、先に戻るから」

けれど、その前に呼び止められていた。

「一果ちゃん」

呼ばれてぎこちない動きで振り返ると、奥永が両手を広げた。

「おいで」

そんなに甘い声で言うなんてずるい。奥永の声に、私は逆らえないというのに。

顔は地面に伏せたまま、そろそろとその腕の中に入っていけば、捕まえるみたいにきゅっと抱きしめられる。そしてその途端、「ふはっ」と耳元で奥永が我慢しきれなくなったというように吹き出した。

「わ、笑わないでって言った！」

「や、嬉しすぎてにやける。あいつらんとこ戻してやろうと思ったけど、もう少し離してやれなくなった」

奥永の腕の中で視線だけをあげると、すぐそこにあった奥永の瞳と目が合った。

その瞬間お互いの顔から笑みが消え、顎をくいと持ち上げられたかと思うと、端正な顔が近づいてくる。

キスされる気配に、私はきつく目を瞑った。呼吸のひとつさえできない。熱で爆発しそうな頭の中、必死に諸行無常を唱え続ける。

すると額、瞼、頬、鼻の頭へとスライドするように優しいキスが降り、次は――。

と、そこで私は思わず顔を覆った。

「ごめん、ギブ……！」

もう限界。心臓が壊れる、その寸前だった。

「じゃ、じゃあ……！」

それだけ言って、逃げるようにその場から立ち去る。

もし私が止めなかったら、今頃どうなっていたのだろう。そう考えると、走っている間にも発火するみたいに体の芯《しん》から火照った。

「あいつ、ずるすぎだろ……」

顔を赤くした奥永の呟きなんて、もちろん聞こえないで——。

朝、奥永が遅刻をせずに登校した時には、やらねばならない仕事がある。それは。

「やば！　生藍くん、朝から拝んじゃった！」

「連絡先教えて～！　私と繋がって～！」

廊下から教室にかけて群がる奥永ファンの整備だ。最早アイドルのマネージャー状態だとは思うけれど、奥永が登校して廊下を歩いている間は、こうもしないと収集がつかない。

「もうすぐ始業時間だから、教室に戻って。ほらそこ、うしろから先生来てるから端によける」

私がいくら声を張りあげても、奥永しか眼中に入らない女子たちからは総スルーだ。

今日は月曜ということもあり、いつにも増して女子たちの火力は強い。

「藍、ハグして～」

女子から一際きわどい声が飛び、思わずぎくっと動揺してそちらに視線を向けると、普段は女子たちの間を無言で通り過ぎていく奥永も足を止めていた。そして表情は崩さないままさらりと答える。

「無理。この腕、彼女のためのもんだし」

途端、まわりから黄色い悲鳴があがる。

「相変わらずの塩対応……！　でも彼女愛の揺るがなさ、たまらない！」

「藍くん、彼女の前では笑ったりするのかな～」

「どんな美人なんだろ……。藍くんの彼女になれるとか、前世でどんな徳積んだのって感じ」

次々に耳に届く言葉たちに、いたたまれなさを感じてくる。

〝奥永藍には溺愛《できあい》している超美人な彼女がいる〟というのは、校長先生がカツラであるのと同じほどには校内で有名な話だ。付き合い始めて間もなく、奥永があっさり公言したからだ。

そんな謎に包まれた彼女について憶測ばかりが広がり、ハードルが果てしなく上がりまくってしまっている。

彼女、ここにいます。なんて、口が裂けても言えない。

「っていうか藍、薬指のなにそれ、おもちゃの指輪？」

さっきの女子の声に、反射的にそちらを見れば、奥永は愛おしげな視線を自分の右手に視線を落とした。その手には、おしゃれなリングの他に、私が昨日あげたペアリングがはめられていて。

「おもちゃじゃねぇよ。お気に入り、俺の」

「どうせ彼女からもらったんでしょ。こんな藍っぽくないものつけるなんて」

「あいつに染まってるわ、だいぶ」

そんなやりとりを聞きながら、きゅん、と胸の奥で私に似合わない音が鳴った。

私のブラウスの下にも、ネックレスに繋いだお揃いの指輪がある。

……せめて奥永だけには、好きだと一言そう言えるようになりたい。告白した時も、付き合ってからも、一度も好きだと言えていないのだ。けれど、可愛らしさの一ミリも兼ね備えていない私は、本人を前にすると素直な気持ちを言葉にすることができなくなる。

考え込むあまり、じーっと睨むように奥永を見つめている間にも、奥永はこちらに近づいてくる。

そしてすぐ近くを通り過ぎざま、奥永はふっと笑みをこぼして、私にだけ聞こえるほどのボリュームで囁いた。

「――見すぎ」

はっとして奥永が通り過ぎ去った方を振り返ると、奥永は友人と会話を交わしながら歩いて行ってしまっている。

「反則……」

彼の声を拾い取ってすっかり熱を持った右耳をきゅっと握り、私は奥永と一緒にごっそり移動した女子たちをあわてて追った。

そうして朝の大仕事を片付け、一日は始まった。

授業を受け、休み時間はよし子と会話を交わし、時々奥永を注意し、先生から託《たく》される委員長としての仕事をこなし、そうしていると一日というのはあっという間に終わるものだ。

放課後、先日の花火大会における見回りの報告会を終え、帰宅する頃にはもう外は薄暗くなっていた。

会長は、奥永から牽制《けんせい》されたからか言い寄ってくることはなく、いつもなら引き留められ長い世間話に付き合わせられるもののあっさり学校を出ることができた。

帰り道は、ほとんどの生徒と反対方向だ。部活も終わった時間だからか、今日は私以外にこの道を歩く生徒の姿はない。

無音の道をひとりで歩いていると、なぜか無性に奥永の声が聞きたくなった。暗いから余計にそう思ったのかもしれない。

スカートのポケットからスマホを取り出し、けれどそこで我にかえって自分を戒めるように首を横に振る。

いかんいかん。急に電話なんてしたら重い女だと思われる。

五人兄弟の長女で、小学生の頃からいじめっこを懲らしめたり、学級委員長を務めたりしているうちに、弱々しい女子らしさはどこかに置いていつの間にか逞《たくま》しくなってしまった私は、こんなことするキャラとはほど遠い。

だけど、真っ暗なスマホのディスプレイに映る私の顔は、なにかを言いたげにこちらを見つめていて。

と、その時、スマホが揺れてメッセージを着信した。自分の顔が消えて液晶《えきしょう》がパッと光る。

『スマホばっか見てると転ぶぞ』

送り主の名は――奥永だ。

「え？」

その文面を見つめたまま思わず声をもらすと、続けてメッセージを受信する。

『前、見てみ』

文字に導かれるまま顔をあげると、数メートル先、道路沿いに並ぶ白いガードパイプに腰掛ける人の姿を見つけた。――奥永だ。

「奥永っ」

慌てて駆け寄ると、奥永は緩慢《かんまん》とした動きで腰をあげた。

「報告会って、こんな時間までやってんのか。臨時の割にハードだな」

奥永がなにか言っているけれど、もはや耳には届かない。この時間に、とっくに学校を出た奥永がここにいるなんて、偶然のはずはなかった。

「もしかして待っててくれた？」

あがる心拍数を必死に抑えながらそう聞くと、奥永はなんでもないことのように軽く微笑んだ。

「待ってたんだよ。彼氏だから」

「……っ」

まるで私の心を見透かしているみたいだ。弱いところを見せられない私を、奥永はなんでもないことのようにさらりと女の子扱いしてくれる。

好きだ、という感情が、まるで夏風みたいに胸の中にぶわっと吹き起こった。

「さ、帰るぞ」

そう言って、ぽんと私の頭に手を置く奥永。その瞳を見つめ、私は唇を開いた。

「ありがと……藍」

〝好き〟を言葉にすることはやっぱりできなくて、なけなしの勇気を振り絞り初めて下の名前を呼んでみる。

「え？」

「彼女は、私、だから」

するとと驚いたように私を見つめていた奥永は、数秒経ってさっと目をそらし、口元に手の甲をあてがう。手で隠した顔は、ほんのり赤く染まっていて。

「破壊力えぐすぎだろ……」

奥永の赤面なんて目にしたのは初めてだ。名前を呼んだだけで、こんなに動揺する奥永を見られるなんて。

レアな姿に見入っていると、そんな視線を遮るよう奥永が私の前髪をくしゃくしゃと雑に撫でてきた。

「わっ」

「やっぱ当分はいつもどおりでいい。もたねぇわ、呼ばれる俺の心臓」

そう言って息を吐き出す奥永を見ていたら、なぜかその熱が移ったように急激に恥ずかしさが込み上げてきて、私は咄嗟に両手で顔を覆った。

もしかして私、とてつもなく恥ずかしいことをしてしまったのだろうか……。

「待って、私も照れた」

「え？」

「さっきの忘れて」

そう、消え入るような声で懇願《こんがん》するのに。

「やだ。忘れない」

そんな声が聞こえたかと思うと、顔を隠していた手を絡め取るようにあっさりはがされ、あっと思った時には真っ赤な顔が奥永の前にさらされていた。

目が合った瞬間、熱をはらんだその瞳にすべてを奪われそうになり、見とれている隙にその手を引かれて、奥永の腕の中に捕まる。

「奥永……」

「この無自覚天然大魔神《だいまじん》め」

首元に顔を埋め、文句をぶつけるように呟く奥永。

「え？」

聞き返すと、奥永は私の髪をそっと除け、首筋にキスをした。そして。

「目、瞑れよ」

掠れた声で囁かれ、ガチガチに緊張しながらも奥永に身を委ねるように目を瞑った
その時。

——ドサッ。

近くからなにか重いものが落ちる音が聞こえてきて、そちらに顔を向けた私は、直後全身から血の気が引いていくのを感じた。

「い、い、い、一果……」

私を見て唇を震わせ、私以上に顔を青くしているその人は。

「お父さん……」

私を溺愛する、帰宅途中だったらしい父親だった。

「お父さん、私、あの人と付き合ってる」

帰宅した私は、お母さんや弟や妹が心配そうに見守る中、リビングでお父さんに改めて告白した。

けれどスーツ姿のままソファの上で膝を抱えたお父さんは、予想どおり聞く耳をもとうとしない。

「やめろー！　お父さんは、絶対絶対認めないからな……！」

「どうして」

「どうしてって……。あんな無駄にイケメンでいかにも軽そうな男なんて、一果に悪《あく》影響《えいきょう》だっ」

どこかでも聞いたことのある台詞をぺいっと吐き、お父さんはクッションで耳を塞ぐ。

そんなお父さんにカチンときた。悪影響だなんて、奥永のことをなにも知らないお父さんに決められたくはない。

「じゃあ、証明すればいい？」

吐き出した声は、自分が思うよりも強く棘《とげ》のある響きで。

「え？」

ぽかんとするお父さんの眼鏡の奥の目を見つめ、私は宣言した。

「奥永と付き合っていることで、お父さんが心配するようなことは起こらないって、そう証明するから」

「一果……」

私の成績が落ちたりして、それを奥永と付き合っているせいにされるのだけは嫌だった。

でもきっと今度の試験で学年首位をキープすれば、奥永とのことは認めてもらえるはず。

こうなったら、なにがなんでも次の試験で良い成績を修めなければ。私は固くそう誓《ちか》ったのだった。

勉強に励むためにも、試験が落ち着くまでは奥永と一旦距離を置く。——これが、一晩熟慮して出した結論だった。

奥永には変に気を遣わせたくなくて、すべて片付いたら報告することに決めていた。自分の問題なのだから、自分で解決しなければ。

私は昼休みになると、出した結論を告げるため、メッセージを送って奥永をこっそり校舎裏へ呼び出した。

「珍しいな。学校で呼び出すなんて」

なにも知らずに校舎裏にやってきた奥永は、私の姿を見つけるなり、こちらに歩み寄ってくる。

「昨日、大丈夫だったか」

問われて、けれど答えは出せず、私はごくりと生唾《なまつば》をのんだ。

変に延ばせば言えなくなってしまう気がした。だから考えるよりも先に、奥永の目だけを見たまま喉の奥から声を出す。

「奥永」

「ん？」

「一回、奥永と距離置きたい」

何度も頭の中でシミュレーションしたその言葉は、つっかえず、けれどとても事務的に響いた。

その瞬間、奥永の瞳に静かな冷気がこもったような気がした。

「なんで？」

一言の響きが、ずしりと胸に重くのしかかった。

けれど本当のことを告げるわけにもいかず、私は咄嗟に、平静さは崩さないように口を動かす。

「付き合うとか、疲れたの」

言った後で、投げやりな理由すぎたかもしれないと後悔していると、奥永が目を伏せた。そして。

「わかった」

「え？」

あまりにあっさり受け入れられ、私は思わず情けない声をあげた。だって、自分から言いだしたものの、こんなに簡単に手放されるとは思わなかった。

「じゃ、先に戻るわ」

それだけ言って、奥永は行ってしまう。けれど時が止まってしまったかのように、私の足も声も奥永を追いかけることができない。

奥永にとって、私との関係はこんなにあっさりしたものだった——。そう現実を突きつけられたようで、ぎりりと胸の奥がひどく痛んだ。

「イチ～、大丈夫か？」

「どうして」

「さっきから参考書が上下逆さまだ」

「え」

よし子の指摘に、手にした参考書を確認すれば、たしかにそこに並ぶ字は逆さまになっていた。

奥永と距離を取ることになって、一週間が経った。

あの日から、気づかぬうちにぼーっとしてしまうことが増えた。勉学に励むために奥永と距離を置くことにしたというのに、あんなに愛していた勉強にもまったく身が入らない。

すべてを話したよし子は、そんな私のことを心配してくれている。

「奥永の奴、あれから全然声もかけてこないな」

「うん……」

指導係として、授業をサボったり制服を着崩したりする奥永を注意はするけれど、なんだか溝《みぞ》のようなものを感じてしまう。まるで本当に、ただの指導係になってしまったみたいに。

と、その時。

「藍くん、かっこいいな~。まじで目の保養」

突然、クラスメイトの女子たちの会話の中から奥永の名前を拾って、私は無意識のうちにそちらに耳を傾けた。

「あんた、本当藍くんファンだよね。……あれ、イメチェンした？」

「えっ、わかる？　藍くんの中学の同級生から、藍くんのタイプがふわふわした小動物系って聞いて、そっち系目指してみた」

学年イチの美人と言われる三井《みつい》さんのその言葉に私は、同じく話を聞いていたらしいよし子と、思わず無言のまま目を合わせた。考えたことはきっと同じだ。

「イチ……」と不安げに揺れるよし子の眼差しに、私は機械的に口角を持ち上げ、笑みを浮かべて見せる。

「全然大丈夫。私、数学と生きていくから」

「目が笑ってない……！　現実に戻ってこい、イチ……！」

……知らなかった。奥永のタイプが、そんな狙ったくらいに私と正反対だなんて。

私と付き合ってくれたのは、きっとタイミングがよかっただけなのだろう。彼女がいないタイミングだったから。きっと、それだけだったのだ。

四時間目の現代文が終わり、昼休みがやってきた。

黒板に散らばる筆圧の強い白い文字を消していると、「委員長」と不意に背後から声をかけられた。

振り返れば、そこには朝奥永のことを話していた三井さんが立っていて、私は黒板消しを置いて三井さんに向き直った。

「どうしたの？」

「委員長に、ちょっとお願いがあるんだけど」

「お願い？」

すると三井さんが上目遣いで私を見つめたまま、一息で言った。

「奥永係、私に譲《ゆず》ってくれない？」

「え？」

一瞬、その言葉を理解するのに時間がかかって、咀嚼《そしゃく》した時にはその言葉に殴《なぐ》られたような感覚を覚えた。

「私の方が適任だと思うんだよね。委員長だって仕事減るんだし、いいでしょ？」

もっともなことを並べられ、譲ってしまえばいいと思うことは——できなかった。

「ゆ……譲りたくない」

平静さを忘れた声は、ひどくぶれていた。けれど、それは間違いなく本心だった。

今、指導係の役目がなくなったら、奥永との繋がりが本当になくなってしまいそうで、手放すなんてできない。

当然、断られるなんて思ってはいなかったのだろう。目の前の三井さんはなんでと目を瞠る。

「ちょっと気を利かせてよ。私は藍くんのこと好きだけど、委員長と藍くんはそういうことにはならないじゃん。固執《こしつ》する理由なくない？」

固執する理由はある。大ありだ。

奥永を好きな気持ちは誰にも負けない。そう言い切れる。

「私だって、」

声を張りあげた、その時。

「――悪いけど、俺係は委員長のものだから」

背後からそんな声が聞こえてきた。

はっとして振り返れば、購買《こうばい》に行っていたはずの奥永が背後に立っていて。

「奥永、くん」

「そうなんじゃねぇの、委員長」

「……っ」

まっすぐに見つめられ、熱いものが腹の底から目の奥へ込み上げてくる。

異変を察知し、こちらに向けられているクラスメイトたちの視線には気づいている。だけどもう、恥なんてどうでもよくなった。想いをこらえることなんて、できなかった。

「……奥永」

大好きな人の名を呼べば、目の奥を熱くしていたものは雫となってこぼれ落ちそうになり、私は目元を腕で覆った。

「未練がましく好きでごめん。でもやっぱり、奥永と終わりになるのは嫌だ……」

「え?」

腕で覆った向こうで、奥永が呆気《あっけ》にとられている気配がある。

この状況を、固唾《かたず》をのんで見守っていたクラスメイトたち。けれど私の告白を皮切りに、ちらほらと男子の声があがる。

「え? あのふたり付き合ってて、奥永がふった感じ?」

「あのクールな委員長がしおらしいの、なんかギャップがあって可愛くね？」

「奥永が合わないなら、俺が付き合いたいくらいかも」

と、その時。

「うるせぇ！　こいつは俺のなんだよ。そんな簡単に手離すつもりねぇわ！」

まるで我慢ならなくなったというように、黙っていた奥永がクラスメイトに向かって声を張りあげた。

その途端、教室が驚きのあまりしんと静まりかえる。私と奥永が付き合っていたことに。けれどそれ以上に、見たことのない奥永の姿に。

「奥永……？」

驚いて腕を下ろし、けれどそんなはずはないと下唇を噛みしめ、涙声をあげる。

「でも私じゃ、好きなタイプと全然違うし……！」

すると奥永はこちらを振り返ったかと思うと、先ほどの勢いそのままに怒鳴《どな》った。

「そんなもんお前に出会ってから全部お前だ！」

「……っ」

疑いようのないほどのまっすぐな声がびりびりと鼓膜《こまく》に響いて、思わず言葉を詰まらせる。

「藍くんがキレた……」

「常に超低体温な、あの奥永が……?」

ざわつく教室の中、乱れた感情を落ち着かせるみたいに小さく息を吐いた奥永。

そして、言葉を失ったままでいる私の後頭部に手を回したかと思うと、そのまま自分の胸元へと頭を引き寄せた。

「頭いいくせにどんだけ鈍感なんだよ。隣にいろ、一から口説き落とし直すから」

額が触れているからか、奥永の声が私の体へとダイレクトに響いてくる。

顔が熱くなり、なぜかじわっと視界が涙でにじんだ。

奥永への気持ちに溺れそうで黙りこくった私とは反対に、教室は奥永の言葉に湧き上がる。そんな喧騒《けんそう》の中、奥永は私の耳に口を寄せ、

「行くぞ、一果」

そう囁いたかと思うと、私の手を引いて教室から連れ出した。

奥永が私を連れてやって来たのは、人のいない空き教室だった。

教室に入った途端、緊張の糸が切れたように力が抜けて、思わずその場に座りこむ。

奥永はそんな私の前にしゃがみこむと、「なんの涙」と小さく苦笑しながら私の頬を拭ってくれる。必死にこらえたと思っていた涙は、気づけば私の頬を濡らしていた。

私を見つめる目の前の奥永が眩しくて、また涙が込み上げてくる。

「奥永……」

「ん？」

「離れようなんて言ってごめん。成績が落ちてお父さんに奥永のせいにされるのだけは絶対嫌だった」

涙声で謝ると、奥永は膝に頬杖をついてさらりと言った。

「そんなことだろうと思ってた」

「え？」

予想外の反応にぴたりと涙を止め、目を瞠ると、奥永はズボンのポケットからスマホを取り出し写真を見せてきた。

「そんな心配しなくても、もうすでに仲良くなってるよ、有宮父と」

その言葉を証明するかのように、スマホに映るのは、奥永と上機嫌そうなお父さんのツーショットだ。

「どうして……!?」

信じられない。いつの間にかこんなに仲良くなっていたなんて。

「話聞いてもらえるように毎日帰ってくるところを待ち伏せしてた。そうしてるうちに親父さんが折れて、腹割っていろいろなこと話して仲良くなった。でもやっぱ、一果の親父さんだな。人を突き放せなくて優しいとこ、似てるわ」

「でも、距離置きたいって言ったら、わかったって……」

「ああ、あれは、一果の言い分はわかったってこと。お前がぐるぐる考えて、自分だけでどうにかしようとする性格だってことくらいわかってるから、俺も親父さんのこと、なにかしら動こうと思ったんだよ。ひとりで闘おうとする前にもう少し頼れ」

あまりに優しい言葉に、きゅうっと胸が柔く熱く締めつけられる。だからこそ、ずっと胸にわだかまっていた不安がぽろりと口から漏れる。

「どうして私を好きなの。可愛げなんて全然ないのに」

なんて子どもじみた振る舞いだろう。けれど、奥永の前では冷静が解かれてしまうのだ。

すると奥永はそんな私を茶化すことなく、まっすぐに見つめ、唇を開いた。

「真面目で、姿勢良すぎて、字が上手くて、メッセが定型文みたいに堅苦しくて、何事にも手が抜けなくて、そういうお前を構成する全部が好きでたまんないやつだっているんじゃねぇの」

「え？」

「俺の指導係になった日、言ったよな。俺が規律を破ったら叱るけど、理不尽な目に遭ってたら助けるって。あん時の一果、眩しくて、すげぇなって惹かれた。でもそれと同じくらい、いつも背筋伸ばして強がってるこいつをめちゃくちゃに甘やかしてやりたいと思った。正直、その時からお前のこと彼女にしたいと思ってたよ」

「……っ」

思いがけない告白に言葉を詰まらせた私の手に自分の手を重ね、奥永は熱と切実な色を瞳に滲ませた。

「お前のこと、俺にちょうだい。俺の全部をかけて大切にするから」

……もう、むりだ。

膨らみすぎた好きだという感情を抱えきれなくなり、涙と共にそれはこぼれた。

「……大好き」

一旦声にしてしまえば、堰《せき》を切ったようにぽろぽろこぼれる。

けれどその言葉は、どんな言葉よりも胸に込み上げる感情を素直に表す言葉だと思った。

「大好き、大好きだよ」

「知ってる」

かっこわるい告白も思いの丈も、なにもかも包み込むみたいに、奥永が綺麗に優しく微笑んだ。

愛おしくて涙が出るなんて、私、知らなかった。

「私の全部、奥永にあげるから、奥永のことがほしい」

「もうとっくにお前のもんだよ、一果。好きも可愛いも、触れたい抱きしめたいも、全部お前にだけだわ」

ああ、苦しい。奥永のことが好きすぎて苦しい。

私は鼻をすすって、すべての勇気を振り絞って伝えた。

「今すごく奥永に、……キス、したい」

するど奥永は、ふっと目元を緩めていたずらっこみたいに笑った。

「やっと言ったな」

そして頬に手を添えられたかと思うと、唇を奪われた。

甘い口づけは角度を変えるたびに深くなっていき、キスに溺れそうになったところで唇が離れる。

息があがり、必死に酸素を取り込んでいると、奥永がこてんと額に自分の額をぶつけてきた。

「悪い。一回したら止められなくなるのはわかってた」

異様なまでに頬に熱が集まり、鼓動がさらに速まる。

なにもかも奥永のものになりたいと、心からそう思った。

私は自分の頬に添えられた奥永の手に自分の手を重ねる。そして、奥永の瞳を見上げた。

「……いいよ、それで」

すると奥永の瞳に見たことのない熱がこもり、掠れた声で囁く。

「そんな顔されたら手加減してやれなくなる」

「おくな、んっ……」

まるで口を塞ぐように激しいキスをされ、苦しいけれど、愛されているのだと実感させられる。

「奥永……、……藍……」

きゅっと奥永の制服を掴む。

「その、俺のこと好きでたまらないって顔、もっと見せろよ」

「ん……」

笑顔も、余裕ない表情も、怒り顔も、キスの時の顔も、奥永はいろいろな表情を私に見せてくれる。その瞬間を目撃するたびに好きが積もる。

愛しい気持ちを伝えるように、私はそっと奥永の下唇を甘噛みした。

Fin.

作・青山そらら
（あおやまそらら）

千葉県在住のA型。コーヒーとバンド音楽と名探偵コナンが好き。趣味はカラオケ、詩や小説を書くこと。読んだ人が幸せな気持ちになれるような胸キュン作品を書くのが目標。2016年8月、『いいかげん俺を好きになれよ』で「野いちごグランプリ2016」ピンクレーベル賞を受賞。

作・＊あいら＊

大阪府在住。ハッピーエンドを専門に執筆活動をしている。2010年8月『極上♡恋愛主義』が書籍化され、ケータイ小説史上最年少作家として話題に。そのほか、『♡LOVE LESSON ♡』『悪魔彼氏にKISS』『甘々100%』『クールな彼とルームシェア♡』『お前だけは無理。』『愛は溺死レベル』が好評発売中（すべてスターツ出版刊）。著者初のシリーズ作品、『溺愛120%の恋♡』シリーズ（全6巻）が大ヒット。胸キュンしたい読者に多くの反響を得ている。ケータイ小説サイト「野いちご」で執筆活動中。

作・言ノ葉リン
（ことのはりん）

ハワイに行きたい北海道出身の女子。好きな食べ物は母の作ったスイーツ。特にケーキ。趣味は読書とライブへ行くこと。今後の目標はたくさん物語を書くこと。『好きなんだからしょうがないだろ?』で書籍化デビュー。近刊は『強引なイケメンに、なぜか独り占めされています。』『今日もキミにドキドキが止まらない』（すべてスターツ出版刊）。

作・みゅーな**

中部地方在住。4月生まれのおひつじ座。ひとりの時間をこよなく愛すマイペースな自由人。好きなことはとことん頑張る、興味のないことはとことん頑張らないタイプ。無気力男子と甘い溺愛の話が大好き。

作・雨乃めこ
（あまのめこ）

沖縄県出身。休みの日はつねに、YouTube、アニメ、ゲームとともに自宅警備中。ご飯と音楽と制服が好き。美男美女も大好き。好きなことが多すぎて身体が足りないのが悩み。座右の銘は『すべての推しは己の心の安定』。『無気力王子とじれ甘同居。』で書籍化デビュー。現在はケータイ小説サイト「野いちご」にて執筆活動を続けている。最新刊は『クール王子ととろける溺甘♡同居』。

作・柊乃
（しゅうの）

熊本県在住の学生。女の子の制服が好きで、セーラー服は最強に可愛いと思っている。色は青と真っ赤と黒が好き。惚れっぽい性格で、最近は黒髪とごついシルバーリングの組み合わせに目がない。来世の夢は、しあわせウサギのオズワルドと友だちになること。2017年1月に『彼と私の不完全なカンケイ』で書籍化デビュー。現在はケータイ小説サイト「野いちご」にて執筆活動を続けている。

作・SELEN
（せれん）

関東在住のA型。嵐とシンデレラが大好きで、趣味は音楽鑑賞。読んでよかったと少しでも思ってもらえるような小説を書くのが目標。『好きになれよ、俺のこと。』で「第10回日本ケータイ小説大賞」優秀賞を受賞し、書籍化。

絵・雨宮うり
（あまみやうり）

フリーランスのイラストレーター。得意ジャンルは女性向け作品。『素直じゃないね。』『君しか見えない』『365日、君をずっと想うから。』など、野いちご文庫の装画を多数手がけ、読者から人気を博している。

ファンレター宛先

〒104-0031 東京都中央区京橋1-3-1 八重洲口大栄ビル7F
スターツ出版（株） 書籍編集部気付
青山そらら先生／＊あいら＊先生／言ノ葉リン先生／みゅーな**先生／
雨乃めこ先生／柊乃先生／ SELEN先生

この物語はフィクションです。
実在の人物、団体等とは一切関係がありません。

今日、キミとキスします

～好きな人との初キスにドキドキ♡7つの恋の短編集～

2020年11月25日 初版第1刷発行

著 者 青山そらら ©Sorara Aoyama 2020 ＊あいら＊ ©*Aira* 2020
言ノ葉リン ©Rin Kotonoha 2020 みゅーな** ©Myuuna 2020
雨乃めこ ©Meko Amano 2020 柊乃 ©Shuno 2020
SELEN ©Selen 2020

発行人 菊地修一
イラスト 雨宮うり
デザイン 齋藤知恵子
DTP 株式会社 光邦
編集 若海瞳
発行所 スターツ出版株式会社
〒104-0031
東京都中央区京橋1-3-1 八重洲口大栄ビル7F
出版マーケティンググループ TEL 03-6202-0386
（ご注文等に関するお問い合わせ）
https://starts-pub.jp/

印刷所 株式会社 光邦
Printed in Japan

ISBN 978-4-8137-1004-2 C0193

恋するキミのそばに。

♥野いちご文庫人気の既刊！♥

だから、俺の彼女になってよ。

☆*ココロ・著

親友・和也を秘かに想う澪南は、和也に気になる人がいると告白され大ショック。それでも健気に好きな人の恋を応援する彼女の前に現れたのは、笑わないクールな王子様、千歳。キツイ毒舌を浴びながらも、その裏の優しさに触れた澪南はどんどん惹かれていって――。切なくて甘い恋物語。

ISBN978-4-8137-0989-3　定価：本体600円＋税

はちみつ色のキミと秘密の恋をした。～新装版 はちみつ色の太陽～

小春《こはる》りん・著

ある日、ひょんなことから学校一イケメンで硬派な陽の秘密を知ってしまった高2の美月。いつもはクールな陽のギャップに驚きつつ、美月は陽の偽カノとなり、みんなには秘密の関係に。不器用だけど優しい陽に少しずつ惹かれて…。第10回日本ケータイ小説大賞受賞の史上最強学園ラブ。

ISBN978-4-8137-0974-9　定価：本体620円＋税

キミの隣でオレンジ色の恋をした～新装版　オレンジ色の校舎～

由侑《ゆう》・著

高校生の遥は、中学時代の元カレ・朱希にずっと片想い。失った恋を忘れられないまま、クラスメイトの朱希を見つめるだけで、自分の気持ちを伝えられない日々を送っていた。久しぶりの朱希との会話から、遥の気持ちはますます高まってきて…。一途な想いから生まれる、甘く切ない恋物語。

ISBN978-4-8137-0957-2　定価：本体630円＋税

クールなキミが最近優しいワケ

Milky《ミルキー》・著

高２の陽和は控えめな性格のピュア女子。イケメンで優しい先輩に片思い中。そんな陽和に対してクラスメートの橘くんはいつも冷たい態度だけれど、嫌いだというわりになぜか陽和が困っていると助けてくれる。戸惑いながらも、橘くんの不器用な優しさに少しずつ陽和の心が動きはじめ…。

ISBN978-4-8137-0941-1　定価：本体630円＋税

書店店頭にご希望の本がない場合は、書店にてご注文いただけます。

恋するキミのそばに。

野いちご文庫人気の既刊！

3秒後、きみと恋がはじまる。

氷室愛結《ひむろあゆ》・著

高校の入学式、声をかけてきた茜に一目惚れした桃。茜は成績トップ、クールでイケメンだけど、女の子にはなぜか冷たい。高2のある日、桃は思わず「……好き、」と告白してしまう。果敢にアタックする桃に、最初は冷たかった茜の態度が変わってきて…。切なさに胸キュンの恋物語。

ISBN978-4-8137-0907-7　定価：本体600円＋税

俺、お前に惚れてんだけど。

miNato《ミナト》・著

高校の入学式、双子の弟の同級生・晴斗と偶然同じクラスになった志帆。中学の卒業式に失恋をした志帆は、もう二度と恋なんてしないと誓ったけれど、突然「俺、お前に惚れてんだけど」なんて言いよる超イケメンで俺様な晴斗に、少しずつ惹かれ…。ジレ恋の行方にドキドキの胸キュンラブ。

ISBN978-4-8137-0891-9　定価：本体600円＋税

ずっとキミしか見えてない

湊《みなと》 祥《しょう》・著

8年前、流星群の夜に出会った優しい少年に恋した紗良。高校の入学式でその少年・光雅と偶然再会。成長した彼は文武両道で完璧イケメンの「星の王子様」に！　お互いに想い合う二人だけど、素直な気持ちを伝えられずにすれ違ってばかりで…。じれったいピュアな恋に胸キュンが止まらない！

ISBN978-4-8137-0892-6　定価：本体600円＋税

キミの隣で不器用な恋をはじめよう

綴季《つき》・著

ほろ苦い初恋の思い出を心に秘め、新しい高校生活を楽しもうと思っていた花奏は、入学式当日、初恋相手の幼なじみ・眞紘と偶然再会する。想像以上にカッコよくなっていた眞紘は花奏の手が届かないほどモテモテ男子に！　お互い想い合いながらも、すれ違う二人のじれったい恋の行方は!?

ISBN978-4-8137-0875-9　定価：本体640円＋税

書店店頭にご希望の本がない場合は、書店にてご注文いただけます。